À L'OMBRE DES JEUNES FILLES EN FLEURS

マルセル・プルースト 作

失われた時を求めて
── 花咲く乙女たちのかげに

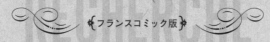

フランスコミック版

ステファヌ・ウエ 画

中条省平 訳

MARCEL PROUST
ADAPTATION ET DESSIN DE STÉPHANE HEUET

À LA RECHERCHE
DU TEMPS PERDU

À L'OMBRE DES JEUNES FILLES
EN FLEURS
ÉDITION INTÉGRALE

もくじ

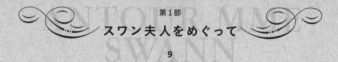
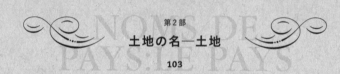

『失われた時を求めて』語り手（私）の周囲の人々

語り手の母

語り手の父

語り手（私）

語り手の祖母バチルド

フランソワーズ

語り手の大伯母

スワン家

シャルル・スワン

オデット・スワン（旧姓ド・クレシー）

ジルベルト・スワン
（シャルルとオデットの娘）

芸術家

語り手が想像した作家ベルゴットと
現実のベルゴット

画家エルスチール
（「スワンの恋」のビッシュ）

女優ラ・ベルマ

LA NOBLESSE 貴族

サガン大公

リュクサンブール大公妃

マチルド皇女

ノルポワ侯爵

アグリジャント大公

ロベール・ド・
サン＝ルー＝アン
＝ブレー侯爵

カンブルメール侯爵

パラメード・ド・ゲル
マント、シャルリュス
男爵、愛称メメ

カンブルメール侯爵夫人

マドレーヌ・ド・ヴィ
ルパリジ侯爵夫人

ステルマリア氏

LES DAMES 上流婦人

裁判所長の妻

ボンタン夫人

コタール夫人

公証人の妻

LES PETITES DAMES 庶民の女

ラシェル

娼家の女主人

公衆トイレの管理人

À BALBEC

バルベックの人々

歯医者 市長 県会議員 ダンスの教師 オーケストラの指揮者

ル・マンの公証人

アルベール・ブロック

カーンの裁判所長

オクターヴ

シェルブールの
弁護士会長

LES DOMESTIQUES

使用人

執事ニコラ

語り手の家

フランソワーズ、レオニー叔母の
死後語り手の家に入った召使

スワン家

小間使

給仕頭

門番

従僕

小間使

医師

LES MÉDECINS

コタール教授、
髭のある時期とない時期

語り手の家の主治医

バルベックの医者

バルベックとパリの商人

COMMERÇANTS À BALBEC ET PARIS

バルベックの海辺の行商人

パリのパン屋

レ・アルの肉屋

シャンゼリゼの骨董店主

バルベックのホテル関係者

L'HÔTELLERIE À BALBEC

グランド・ホテルの支配人

グランド・ホテルの所有者

リヴベルのレストランの主人

エレベーター係

リヴベルのウエイター

給仕長エメ

LES JEUNES FILLES EN FLEURS 花咲く乙女たち

ジルベルト

ジルベルトの女友達

踏切番の娘

リヴベルの2人の娘

ステルマリア嬢

ブロックの妹たち

アルベルチーヌ・シモネ

アンドレ

ジゼル

ロズモンド

花咲く乙女たち

自転車に乗る娘

ミルクの缶を運ぶ娘

魚釣りの娘

第1部

スワン夫人をめぐって

その1

だが、この父の評価には説明が必要だろう。コタールがひどく凡庸で、スワンは極端なほどの心遣いで謙虚さと慎み深さに徹していたのを覚えている人もいるだろうから…。

しかし、この「息子のスワン」は

ジョッキー・クラブの
常連で

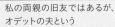

私の両親の旧友ではあるが、
オデットの夫という

新たな人格を得たのだ。

それまでずっともっていた本能や欲望や器用さを、この妻のつまらぬ野心に合わせて、以前よりはるかに下のほうに新しい地位を築こうと努めていた。それが妻にふさわしく、妻は夫とともにその地位を占めたがっていたからだ。スワンはまるで別人になった。

スワンの交際したい相手が、野暮な役人や、役所の舞踏会をにぎわす盛りを過ぎた女たちだと分かったとき、

昔も今もトウィックナムやバッキンガム宮殿からの招待をあんなに奥ゆかしく隠すスワンが、ある官房副長官夫人が訪問のお返しに妻を訪ねてくれた、と声高に言いふらすのを聞いて、みんな驚いたものだ。

その驚きの主な理由は、私たちの心の中で美徳と行動があまりに密接に結びついて、行動を通じて美徳を発揮することを義務にしてしまうので、違う種類の行動が現われると、不意を突かれて、その行動が同じ美徳を実践したものだと考えることができなくなってしまうのだ。

スワンは、謙虚で寛大なあの芸術家たちと同じだった。彼らは晩年になって料理や園芸に手を染め、料理や花壇を褒められると子供のように喜ぶのに、自分の芸術上の傑作に関しては易々と受けいれる批判を、料理や花壇については認めない。また、自分の絵をただで人にやるくせに、ドミノで40スー負けると不機嫌になるのだ。

コタールについて言えば、スワンがヴェルデュラン家に登場したころ、そこに同席するコタールが見られたのはずいぶん昔のことだった。そして、名誉や公的な肩書は長い歳月ののちにできあがる。それに加えて、教養もなく、駄洒落ばかり連発する人間が、

偉大な戦略家や偉大な臨床医のように、いかなる一般教養にも代えがたい特別な才能をもつことがあるのだ。

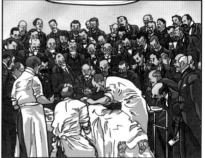

若い医者のなかで最も聡明な者たちが、もし自分が病気になったらコタールこそが命を預けられる唯一の医師だと断言していた——少なくとも数年のあいだは。というのも、流行は変化し、流行自体が変化の必要から生まれるからだ——。

たぶん若い聡明な医者たちも、ニーチェやワグナーについて語りあえる、もっと文学や芸術に通じた上司と付きあいたいと思っていた。

しかし、コタールがひと目で下す診断の速さ、深さ、確かさは賞讃の的だった。

だが、彼はどんな親切な友人の忠告で冷たい態度になったのか?

そんな態度をとることを、彼の地位の高さがいっそう容易にさせた。本能的に自分自身に戻ってしまうヴェルデュラン家以外では、至るところで冷たく振る舞い、好んで無口になり、何か語るべきときには断定し、かならず不愉快なことをつけ加えた。

院長から新米の医学生までみんなを笑わせる駄洒落を言うときでも、つねに顔の筋肉一つ動かさずにそうするのだ。そのうえ、口髭と顎鬚を剃って以来、その顔に昔の面影はなかった。

最後に、ノルポワ侯爵がどんな人物か言っておこう。彼は普仏戦争前に全権公使、「五月十六日事件」のときは大使だったにもかかわらず、それ以後何度も急進派の内閣から特使としてフランスを代表する任務を与えられた。単なる反動的なブルジョワなら急進派内閣に尽くすことは拒否しただろうし、ノルポワ氏の経歴、人脈、主張はそうした内閣からは怪しいと判断されたはずだ。

しかし、進歩的な閣僚たちはノルポワを指名することで、フランスの高度な国益が問題になるときには、自分たちがどれほど広い度量を見せるかを誇示したのだ。

ノルポワ氏について特筆すべきは、長年の外交の仕事のなかで、「お役所気質（かたぎ）」というべき消極的、慣習的、保守的精神が染みこんでしまったことだ。実際それはすべての政府の精神でもあったが、とくにその政府に仕える大使館の精神なのだった。

ノルポワ氏は「委員会」でとくに冷たい人間として通っていたので、この元大使が父の横に座り、父に友情を示すのを見てみんなは祝福した。

この友情に真っ先に驚いたのは父だ。

ノルポワ侯爵からまた夕食に呼ばれた。信じられないよ

誰とも私的な付きあいのない人だから、委員会のみんなも仰天さ

きっとまた普仏戦争のことで興味津々の話をしてくれるよ

父は、ナポレオン3世にプロイセンの国力の増大と好戦的な意図を警告したのがたぶんノルポワ氏だけであること、ビスマルクが氏の知性に特別な評価を与えていたことを知っていた。

最近もオペラ座で、テオドシウス王を歓迎する特別公演が行なわれたとき、

新聞各紙は、王がノルポワ氏に長時間の拝謁を与えた
ことを報じた。

あの王の来仏が本当に重要なことか、教えてもらわなくては

ノルボワ親父がボタンをきっちり掛けているのは知っているが、私には親切に心を開いてくれるんだ

母はといえば、母が最も心引かれるような知性が、この元大使に備わっていたとはいえないだろう。

それに、ノルボワ氏の会話は、ある職業、ある階級、ある時代—そうした職業と階級の人にとっては完全に過去の遺物ではない時代—特有の、古びた言葉づかいの完璧なカタログだったので、

私は時々、彼が話すのを聞いた言葉をそのまま書き留めておかなかったことを後悔する。

そうしておけば、パレ＝ロワイヤル座の役者と同じようにさらりと時代遅れの感じを出せたはずだ。

その役者は、どこでそんな変てこな帽子を見つけてくるんですか、と聞かれて、こう答えた。

見つけるんじゃありません

取っておくんです

要するに、母はノルボワ氏をちょっと「古臭い」と思っていたのだろう。

ルボワ氏が家に来た最初の夕食は、私がまだシャンゼリゼ公園で遊んでいた年のことで、記憶に残っている。という
のは、その日の午後、私はついに『フェードル』の「マチネー」でラ・ベルマを見に行ったからで、さらに、ノルボワ氏と話
しながら、私は、ジルベルト・スワンと彼女の両親に関わるすべてが私に呼びさました感情と、同じスワン一家がほかの誰
にも抱かせた感情とがどれほど異なっているかに、突然、新たなかたちで気づかされたからだ。

正月の休みにはジルベルトに会
えなくなるはずなので、休みが
近づくにつれて私は落ちこんで
いったが、それを見た母は、

今でもお前がそんなにラ・ベルマを見たいなら、
きっとお父さんは行かせてくれると思うわ。
お祖母さまが連れていってくれるでしょう

祖母は呆れて…

なんて軽はずみなことを…

何ですって、今度は行かせちゃだめだって
言うんですか！ そりゃ、ちょっと変だ。いつも観劇は
あの子の役に立つと言っていたのに

しかし、それまで父は自分が役立たずと
呼ぶものに私が無駄な時間を費やすこと
に大反対だったのに、ノルボワ氏が、ラ・
ベルマは若者にとって一生の思い出にな
ると言ってくれたので、そのソワレは、将
来の輝かしい出世に必要な秘訣の一部
になるだろうと思うようになったのだ。だ
が、ノルボワ氏は、私にとってもっとずっと
重要な問題についても、父の考えを変え
てくれた。

父はつねに私を外交官にしたがっていたが、私はジルベルトが住んでいない国の首都にいつか大使として派遣されて
しまうという予測に耐えられなかった。そんなとき、若い世代の外交官たちをあまり好きでないノルボワ氏が、作家に
なれば、大使館で働くのと同じだけの尊敬を集め、同じだけの働きをし、それ以上の自由を保っていられる、と父
に請けあってくれたのだ。

ほんとかな！ 信じられない
話だが、ノルボワ親父はお前が
文学をやるという考えに
ぜんぜん反対じゃないんだ

近々「委員会」の帰りにノルボワを夕食に連れてくるから、
彼と少し話をして、お前の能力を見てもらうといい

何かいいものを書いて彼に見せるんだ。「両世界評論」の編集長
とも懇意だから、お前をあの雑誌に紹介してくれるだろう。
うまくやってくれるさ、古狸だからな

ともかく、彼の口ぶりでは、
今の外交はなってない！…

ジルベルトと離れずにいられれば幸せなので、ノルポワ氏に見せられるような傑作を書きたいと思うが、書けなかった。

ラ・ベルマを見に行かせてもらえるという考えだけが苦しみを紛らせてくれた。しかし、嵐を見るなら、それが一番荒れ狂う海岸でしか見たくないと望むのと同じで、この大女優を見るなら、彼女が崇高さに達するとスワンの語った古典劇でしか見たくなかった。

というのも、私たちが自然や芸術の感動を受けとめて貴重な発見をしたいと願うときには、私たちの魂が、そうした真の感動ではなく、〈美〉の本当の価値について誤解を与えるような、つまらない感動を拾ってしまうのではないかと心配になるからだ。

『アンドロマック』や『マリアンヌの気まぐれ』や『フェードル』を演じるラ・ベルマ…。私がいつかゴンドラに乗って、フラリ教会のティツィアーノや、サン・ジョルジョ・デリ・スキアヴォーニ同信会のカルパッチョを見に行くことができたら、ラ・ベルマが次のセリフを朗誦するのを聞くのと同じ陶酔を味わえるだろう。

「急な旅立ちで、
お別れですのね、殿下…」

私はこのセリフを、印刷された、本の地に黒のただの活字で知った。

私が暗記した古典劇は、準備がすべて整った、私だけのための広大な空間に思われ、ラ・ベルマがそこを創意工夫で埋め尽くしていくさまを、私は悠々と楽しむことができるはずだった。

だが残念なことに、ここ数年彼女は大劇場を去って、ブールヴァール劇場のスターとして成功を博し、流行作家たちがとくに彼女のために書きおろした最新の戯曲しか演じなくなっていた。

しかしある朝、芝居の広告塔で正月1週間のマチネーを調べていたとき、私は初めて見つけたのだ。

Première matinée:
Lever de rideau
« Les Forchambault »
d'Émile Augier
Deuxième partie:
deux actes de 『フェードル』
« Phèdre »
de Jean Racine ラ・ベルマ主演
avec Mme Berma
『マリアンヌの気まぐれ』…
Le Demi-monde
de Dumas Fils
Les Caprices
d'Alfred

つまり、この女優は、自分のいくつかの役柄には、初演の斬新さや再演の成功のあとでも消えない価値があると知っていたのだ。

こうしてラ・ベルマは、ひと晩の時間つぶしだけの芝居のあいだに、ほかより題名が長いわけでも、特別な活字で印刷されているわけでもない『フェードル』を掲げて、そこに特別な意味を暗示していた。一家の女主人が客を食卓に集めるとき、ほかの人を紹介するのとまったく同じ口調で、こう告げるのと同じだ。

…こちらアナトール・フランスさん

私のかかりつけの医者──私に一切の旅行を禁じた医者──は、父と母に私を劇場に行かせないほうがいいと忠告した。たぶん帰宅したあと長く床に就くだろうし、結局、楽しみより苦しみを味わうことになるというのだ。

しかし、私がこのマチネーに求めていたのは、ただの楽しみとはまったく異なる、自分が生きているこの世界よりもっと本当の世界に属する真実だった。私は、『フェードル』に行かせまいとする両親に懇願した。

たえずあのセリフを暗唱した。

「急な旅立ちで、お別れですのね、殿下…」

私はこのセリフに込めうるあらゆる抑揚を試して、ラ・ベルマがそこに加える抑揚の思いがけなさをいっそうよく味わおうとした。

神殿の〈至聖所〉のように垂れ幕で隠された彼女にむかって、垂れ幕ごしにたえず彼女に新しい姿を与えたが、それはこんなベルゴットの言葉に従ってだった。

「…造形的な気高さ、キリスト教的な苦行、ジャンセニスム的な蒼白さ、トロイゼンとクレーヴの奥方、ミュケナイの悲劇、デルポイの象徴、太陽の神話…」

ラ・ベルマの演技が明かしてくれるはずの聖なる〈美〉は、夜も昼も、私の心の奥で、永遠に光を灯された祭壇の上に君臨していた。

私は朝から晩まで両親が押しつけてくる障害と戦っていた。しかし、その障害が崩れおちて、母は──そのマチネーの日に、まさに「委員会」が開かれ、そのあと父がノルポワ氏を夕食に連れてくることになっていたにもかかわらず──私にこう言った。

あのね、私たちはお前を苦しめたくないの

そんなに楽しみにしているのなら、お行きなさい

それまで禁じられていたこの観劇が自分の気持ち次第だとなったとき、

それを可能にするために、もう何も気に病む必要が、初めてなくなったとき、

もしお母さんたちが悲しむなら、行かないほうがいい

それに、もし観劇のあと寝こんでしまったら、休みが終わってジルベルトが帰ってきたとき、すぐに病気が治って、シャンゼリゼ公園に会いに行けるだろうか?

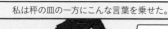
私は秤の皿の一方にこんな言葉を乗せた。

「ママが悲しむのが分かるし、シャンゼリゼに行けなくなる恐れがある」

もう一方の皿には、

「ジャンセニスム的な蒼白さ，太陽の神話」

だが、急にすべてが変わり、ラ・ベルマを見に行きたいという私の欲望はにわかに活気づいた。毎日芝居の広告塔の前でたたずむという日課をしに行ったとき、初めて貼られたばかりでまだ濡れている『フェードル』の詳しいポスターを見たのだ。

« Phèdre »
前売り『フェードル』
Deux Actes de la Tragédie
de Jean Racine

Mᵉ Giselle PICARD   M. CHARPIN
Du Théâtre National de l'Odéon   Du Théâtre Antoine

Aricie   ラ・ベルマ主演   Hippol
avec dans le rôle de Phèdre
Mme Berma
dans 3 représentations exceptionnelle
les 1ᵉʳ, 2, et 3 janvier

私はいくつかの目標のあいだで決断がつかず揺れていたが、そのポスターは一つの目標により具体的な形を与え、早くも実現の道を開いてくれたので、私はその日、座席に着いていよいよラ・ベルマを見られるのだと考えると、うれしくて飛びあがった。

そして、両親が私と祖母のためにいい席を二つ取る時間がなくなることを恐れて、家に飛んで帰った。

Mme Berma
dans 3 représentations exceptionnelles
les 1ᵉʳ, 2, et 3 janvier　3日間の特別公演
Les dames ne seront pas reçues à l'orchestre en chapeau
Les portes seront fermées à deux heures
Un seul Entr'acte

このとき私の頭のなかで「ジャンセニスム的な蒼白さ」と「太陽の神話」にとって代わり、私を夢中にさせた魔法の呪文は、「ご婦人は帽子を被ったまま1階席には入れません。2時以降は入場不可」だった。

父は「委員会」に行くときに、私たちを劇場で降ろしてやろうと言った。

おいしい夕食を頼む。
ノルポワを連れてくると言っただろ？

母は忘れていなかった。そして、フランソワーズは、自分の才能を注いで料理の芸術に専念できることを喜び、牛肉のゼリー寄せを作らねばならないと決心して、前日から創造の興奮に身を震わせていた。

彼女は自分でレ・アルへ行き…

…ミケランジェロがユリウス2世の記念碑のために完全無欠の大理石を選ぼうとカラーラ山中で8か月も過ごしたように、牛の腰肉や、すね肉や、仔牛の足の最高級のかたまりを買いこんだ。

そして前日から、パンの身で包んだバラ色の大理石のような肉をパン屋の竈（かまど）で焼いてもらいに持っていき、こう言った。

…ネヴヨークのハムよ

この日、フランソワーズは偉大な創造者の熱烈な確信を抱いていたが、私のほうは演劇研究者の残酷な不安に見舞われていた。だが、まだラ・ベルマを見ないうちは、喜びを感じられたのだ。

私の喜びがさらに高まったのは、卵の殻からひなが孵（かえ）るときに音が聞こえるように、降りた幕のむこうから何か音が聞こえはじめ、しだいに大きくなっていったときだ。

そして突然、

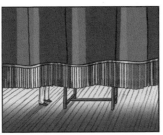

「幕開き」と呼ばれる寸劇が始まったことが分かった。

そのあとの幕間がひどく長いので、席に戻った客たちは待ちきれず、足を踏み鳴らした。

 私は不安になった。こんな無作法な客の行儀の悪さにラ・ベルマが腹を立て、その不満と軽蔑からわざと下手な演技をするのではないかと恐れたのだ。

結局、私の喜びが続いたのは、『フェードル』の最初の数場だけだった。

フェードル自身はこの第2幕の冒頭には登場しない。だが、幕が上がると、

一人の女優が現われ、その顔も声も話に聞いたラ・ベルマのものだった。

しかし、この女優に、別の女優が返答をした。最初の女優をラ・ベルマだと思ったのは間違いらしい。

二番目の女優はさらにラ・ベルマらしく、セリフ回しもそれ以上だったからだ。

ところがいきなり、額縁から出るように、一人の女が登場し、

少し前から感心して見ていた二人の女優は、私が見に来た当の女優とはまったく似ていないことがすぐに分かった。

だが同時に、私の喜びは完全に消えていた。

私は目と耳と心をラ・ベルマに集中し、彼女を賞讃すべき理由を何一つ逃すまいとしたが無駄で、その理由をたった一つも見出せなかった。

…あなたの苦しみに私の涙を添えに来ました
わが息子を心配する気持ちを知ってほしいのです
息子は父を失い、しかも近々
私の死にも立ちあうでしょう…

…息子の嘆きに耳を塞がないで
忌むべき母親へのあなたの正しい怒りが
やがて息子に向かうのが怖い…

ラ・ベルマのセリフは、私が自分で『フェードル』を読んでいるように聞こえた。あるいは、私が聞いている言葉をいまフェードル自身が語っているようで、そこにラ・ベルマの才能は何一つ加わっていないように思われた。

20

この女優のすべてのセリフの抑揚を、その顔のすべての表情を—そこに彼女のもつ美を発見しようと努めるために—私の前にずっと固定しておきたかった。

…あなたに憎まれても嘆きはしません
殿下、あなたを傷つけようとする私をご覧になりましたものでも、私の心の底を読むことはできなかった…

…私はあなたの敵意の的になろうとしました
私の暮らすそばにあなたがいるのに耐えられなかったので…

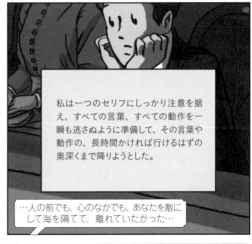

私は一つのセリフにしっかり注意を据え、すべての言葉、すべての動作を一瞬も逃さぬように準備して、その言葉や動作の、長時間かければ行けるはずの奥深くまで降りようとした。

…人の前でも、心のなかでも、あなたを敵にして海を隔てて、離れていたかった…

だが、その一瞬の何と短いこと！　一つの音が耳に入るや、すぐにそれは別の音に代わってしまう。

すぐに女優は位置を変え、私が見極めようとした情景はもう存在していなかった。

ここからはよく見えないよ

オペラグラスを使って

だが、事物の実在を信じているとき、人工的な手段を使ってそれを自分に見せても、自分がその近くにいると感じることにはならない。

拡大鏡のなかに私が見ているのは、もはやラ・ベルマではなく、その虚像にすぎないと私は考えた。

だが、私の目が捉える、遠くから見て小さくなった彼女の姿も、それより正しいものではないかもしれない。この二つのラ・ベルマのうち、どちらが本物なのか？

イポリットへの愛の告白に関しては、ラ・ベルマはその長ゼリフ全体を同じ単調な節回しで均してしまったが、そこには様々な葛藤が混じりあって存在し、そのあまりにも明らかな葛藤は、愚鈍な女優や女学校の生徒たちでも無視できないはずだった。

ああ！ 惨い、分かっているはず！
これだけ言えば誤解の余地はない
さあ！ 知って、フェードルの本性とその狂乱を…
…恋をしているの、でも、あなたを恋する私が純潔気どりで自惚れているとは思わないで…
卑劣な思いあがりで、理性を乱し狂った恋の毒に染まったと思わないで…

それに、ラ・ベルマはこのセリフをあまりに速く語ったので、彼女が最初の部分をわざと単調に演じたと私が気づいたのは、最後のセリフに達してからだった。

ようやく初めて賞讃の気持ちが湧いた。それは観客の熱狂的な拍手によってひき起こされたのだ。自分の拍手も交えて喝采を長引かせようとしたのは、ラ・ベルマが観客への感謝の気持ちからいつも以上の力を発揮して、自分が最良の状態の彼女を見たと確信したいためだった。

さらに奇妙なことは、あとで分かったのだが、観客の熱狂があふれ出た瞬間こそ、ラ・ベルマが最高の力量を発揮したときだった。ある種の超越的な現実は自分のまわりに光を発し、群衆はそれを感じとるらしい。

いずれにせよ、私が拍手すればするほど、ラ・ベルマの演技は素晴らしくなるように思われた。

ともかく、あの女優は頑張ってるわ。
痛くなるほど自分を叩いて、走りまわる。
文句なし、これこそ演技だわ

私はラ・ベルマの美点をこんなふうに説明されてうれしくなり、この庶民の熱狂の安酒を飲んでいっしょに酔いしれた。

しかし、幕が降りると、あれほど待ち望んだ喜びがさほど大きくなかったことに失望を感じたが、同時に、劇場を出るときには、この喜びを長引かせたい、この観劇生活を永久に続けたいという欲求も感じていたので、

ラ・ベルマについて礼讃者からたっぷり教えてもらえるという希望がなければ、劇場から身を引きはがして、まっすぐ家に帰ることは、流刑地への出発にも等しいことに思われただろう。その礼讃者とは、私を『フェードル』に行かせてくれた恩人の…

…ノルポワ氏だった。

私はノルポワ氏を夕食の前に父から紹介された。

彼がフランスを代表する大使だった時代、彼に紹介される外国の来訪客はみんな名士だったので、名士と知りあえた満足を愛想の良さで示す習慣が身についていた。

だが、それに加えて、新しい客が来るたび、すぐにそれがどんな人物であるか見極めるべく、相手に鋭い観察者の能力をふるうのだった。

政府はもうだいぶ前から彼に外国駐在を命じなくなっていたが、彼は誰かを紹介されるとただちに、休職命令など受けとっていないかのように、じっと相手を観察しはじめる。

それゆえ、やさしく私に話しかけながら、鋭い好奇心をこめ、自分の役に立てようと、私をじろじろ眺めまわした。

彼は「両世界評論」に紹介するとはまったく言わず、私のこれまでの生活や勉強、趣味について色々と質問をした。

趣味が私を文学の方面に引きつけているのだから、そこから引きはなすつもりはないと彼は言う。だが、彼の使う言葉そのものが、コンブレーで私が抱いた〈文学〉のイメージとかけ離れたものを示していた。

それまで私は自分にものを書く才能がないと分かっていただけだったが、いまやノルポワ氏は、私から書きたいという欲求自体を奪っていた。

私の友人の子息で、必要な修正を加えれば、まさにあなたにそっくりな人がいますよ

それで彼は外務省をやめて、創作にとりかかったのです。もちろん、後悔などするはずがない

2年前、彼はヴィクトリア湖西岸における〈無限〉の感覚についての本を出しました

そして今年、ブルガリア軍の連発銃に関するもっと薄い冊子を出しました。軽快な、ときに辛辣といえる筆致で運ばれるものです。この2冊で彼は見事に頭角を現わしましたよ

すでに立派な業績ですが、人文科学アカデミーの会合でも彼の名前が2、3度出たそうです

要するに、まだ名誉を極めたとは言えないが、努力は成功によって報いられたわけです

父はすでに私が数年後にアカデミー会員になる姿を想像して満足そうだったが、その満足はノルポワ氏の次の言葉で頂点に達した。

私からだと言って彼に会いなさい。有益な助言をくれるでしょう

レオニー叔母は私を、多くの品物や家具のほか、ほぼ全額の預金の相続人に指定していた。父はこうした財産を私が成人するまで管理する必要があったので、いくつかの投資についてノルポワ氏に相談した。彼は、利子は少ないがとりわけ安全だと考えられる有価証券、なかでもイギリスの整理公債とロシアの4分公債を勧めた。

こうした超一流の証券をもっていれば

配当はさして高くないが、少なくとも元本が減る心配はないでしょう

それ以外にどんなものを買ったか、父はざっと説明し、元大使に株券そのものを見せた。

この投資先の組み合わせは素晴らしい

じつに堅実、じつに繊細、じつに洗練されたセンスだ

株券を見て私は魅了された。同じ時代のものはすべて似かよっている。ある時代の詩集の挿絵を描いた画家たちは、

金融機関にも仕事を頼まれるからだ。

さあ、これは昔コンブレーで息子が散歩から帰ったときに書いたささやかな散文詩です

私はそれを興奮して書いたので、読む人にもその興奮が伝わるだろうと思った。

だが、興奮はノルポワ氏には通じなかった。ひと言もいわずに返したからだ。

夕食をお出ししてもいいかしら？

ねえ、マチネーには満足したかい？

今日の午後、息子はラ・ベルマを見に行ったんです。
彼女の話をしたのを覚えておいででしょう

彼女を見るのが初めてだったら、とくに感激したでしょうな。
私は『フェードル』のベルマ夫人を見たことはないが、
素晴らしいと聞いています

むろん、魅了されたでしょう？

ノルポワ氏は私よりはるかに頭がいいので、私がラ・ベルマの演技
から引きだせなかった真理を把握していて、私に明らかにしてくれ
るだろう。彼の質問に答えながら、その真実がいかなるものか教
えてほしいと頼んでみよう。

私は口ごもったが、結局、ラ・ベルマ
の素晴らしさを彼の口から言わせよう
として、

じつは
失望したんです

何だって？
楽しくなかったと言うのかい？

お祖母さんの話では、お前はラ・ベルマのセリフをひと言も聞き
逃すまいとして、目も飛びださんばかりだったが、そんな客は
劇場でお前だけだったというじゃないか！

もちろん、彼女がどんなに素晴らしい
か知りたくて、一生懸命聞いていた
んです。たしかに、とても良かった
けれど…

とても良かったんなら、
それ以上何を望むんだね？

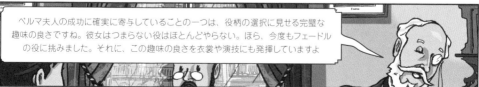

ベルマ夫人の成功に確実に寄与していることの一つは、役柄の選択に見せる完璧な
趣味の良さですね。彼女はつまらない役はほとんどやらない。ほら、今度もフェードル
の役に挑みました。それに、この趣味の良さを衣裳や演技にも発揮していますよ

イギリスやアメリカでも何度も公演を行なって成功していますが、卑俗さには染まらなかった。ジョン・ブルの卑俗さとは言いませんよ。少なくともヴィクトリア朝英国に失礼になりますから。だが、アンクル・サムの卑俗さには染まらなかった。派手な色もまとわず、大げさな叫び声も出さない。それに、あの賞讃すべき声がじつに効果的で、その声をうまく使って、観客をうっとりさせる。まさに音楽家だと言いたくなるほどです！

ラ・ベルマの演技への私の関心は、芝居が終わってからずっと高まりつづけていた。それゆえ、この女優の簡素さや趣味の良さへの讃辞が語られると、私はそこに納得できる理由を見出して、関心は満足させられた。

本当だ、とても美しい声で、けっして大声を出さず、簡素な衣裳をまとって、『フェードル』を選んだ聡明さ！　そうだ、僕は失望なんかしなかった

コールドビーフのにんじん添えが登場した。

それはわが台所のミケランジェロによって、透きとおった石英の塊にも似た巨大なゼリーの結晶の上に置かれていた。

お宅には超一流のシェフがいるんですね、奥様。大したものだ。私は外国でそれなりの暮らしむきを保つ必要があったので、完璧な料理長を見つけることがしばしばどれほど難しいか知っています。本物の晩餐（ばんさん）にお招きいただきましたよ

お宅のヴァテルに今度はまったく別の料理を味わわせてもらいたいものです。例えば、ビーフ・ストロガノフにでも挑戦してもらって

実際、フランソワーズは、私たち家族だけだったらもはやかけない手間ひまをかけてこの料理を作っていた。

母はパイナップルとトリュフのサラダを大いに期待していた。だが、元大使はそれを食べても、外交官の口の堅さを保ったままだった。

ノルポワ氏は自分も食卓の楽しみに貢献しようとして、様々な話を供してくれた。その微妙な味わいが私には分からなかった。彼が自分で語りながら噴きだしてしまうような滑稽な言葉も、私には、彼が感嘆すべきだと見なす立派な言葉とさほど違わないように思われた。

唯一私が見抜いたのは、政治の世界では、みんなと同じ考えを語ることは、劣ったことではなく、優れている証拠だということだ。

新聞各紙で読んだのですが、あなたは長時間テオドシウス王とお話ししたそうですね

実際、王は人の顔について稀に見る記憶力をおもちで、1階席にいた私を見て、王がまだ東方の王位に就くなどとは思いもしないころ、バイエルンの宮廷で何日間かお目にかかったことを思いだしてくれたのです。お付きの副官が来て、陛下に挨拶せよと言うので、もちろん私は急いで陛下の命に従ったのです

王の今回の滞在の成果にあなたは満足ですか？

大満足ですよ！

私自身、王の政治感覚を全面的に信頼していましたから

王が大統領官邸でなさった乾杯の挨拶は、王が各方面に巻きおこした評判にふさわしいものでした。巨匠の技ですよ。ちょっと大胆だが、出来事の成りゆきを見れば完全に正当化される大胆さです。私は拍手喝采しました

あなたの友人のヴォグベール氏は長年両国の友好改善を図っていたので、喜んだことでしょう

陛下が彼を驚かせようとしたのだから、喜びはひとしおです。ただ、これは誰にも完全な不意打ちで、一番仰天したのは外務大臣です。噂では、これは自分の趣味じゃないと言ったらしい

だが間違いなく、こうした乾杯の挨拶が、両国を結びつけ、テオドシウス2世の鮮やかな表現を借りるなら〈親和力〉を強めるのに、20年もの外交交渉以上の効果をあげたのです

ええ、最近のドイツ皇帝の電報などあなたの趣味ではないだろうと思いました

もちろん言葉にすぎませんよ。だが、ご覧なさい、その言葉がどれほど人気を博したことか。それに、あれはいかにも王の言いそうな言葉だ。王がいつでもこれほどの輝かしさを披露するとは言いません。だが、私が公平さを欠いていると疑われることはないでしょう。私は本来この種の革新が大嫌いなのですから。十中八九、革新は危険です

主人から聞きましたが、そのうち夏にスペインへ
連れていってくださるそうで、主人のために
大喜びしています

ええ、とても喜ばしい
計画で、私も楽しみです

ご主人、ぜひ一緒に旅に
行きましょう

で、奥様はもう夏休みの
計画を立てたのですか？

息子とバルベックへ参ります、たぶん

ああ！　バルベックは素敵だ。
私も数年前に行きました

じつに瀟洒な別荘が建ちはじめています。
きっとお気に召すと思いますよ。だが、なぜ
バルベックを選んだか伺ってもいいですか？

息子があの地方の教会、とくにバルベックの教会を
ひどく見たがっています。息子の健康が心配なのですが、
最近立派なホテルができたと聞いて、そこなら息子の
健康に必要な快適な条件で過ごすことができそうなので

おお、その話をある人に知らせてあげなければ。
そういうことを気にするご婦人ですから

バルベックの教会は素晴らしい
んでしょうね？

ええ、かなりのものです。まあ結局…

バルベックの教会は、あの地方に行くなら一見の価値がある。とても
興味深いものです。雨の日でほかに予定がないなら、なかに入って
みるのもいい。トゥールヴィルの墓が見られますよ

昨日、外務省の宴席にはいらっしゃいましたか？ 私は行けませんでしたが

いや、じつは失礼してしまったんです、別のパーティがあったので。あなたもお聞きになったことがあると思うが、ある婦人の家での夕食です

美しいスワン夫人ですよ

あら？ どなたにお会いになりました？

いやまあ…あの家に行くのは主に…男性ばかりのよう。既婚の男性もいましたが、奥様たちは昨夜はみんな病気で、来ていませんでしたね

念のために正確を期せば、女性も来るのですが…どちらかといえば…何というか…スワンの社交相手というより、共和派の系統の女性たちですね。それに、スワン夫妻はそれで満足らしい。スワンはちょっと満足しすぎだと思いますがね

何？ この上に、ネッセルローデ風ブディングですか！ こんなルクルスばりのご馳走から立ち直るには、カールスバートの鉱泉療法が必要になりますよ…

…昔のスワンを知っている私に言わせれば、超一流のとり巻きからあんなにもてはやされていた彼が、郵政大臣官房長が家に来てくださったと熱烈に感謝したり、自分の家内が官房長の奥様にお目にかかってもよろしいでしょうかなどと尋ねたりするのを見ると、笑うというより呆れてしまいますがね

でも、スワンは異国にいる気分なんでしょう。明らかに昔とは違う世界だ

とはいえ、今のスワンが不幸だとは思いませんよ

たしかに、結婚前の数年は、女の側から
ゆすりめいた、かなりあくどい仕打ちが
なされました。スワンが何か断るたびに、
彼女は娘を連れて帰ってしまうのです

ともかく、彼女はたえずスワンに食ってかかったので、
彼女が目的を達して結婚に至ったときは、彼女は今後
やりたい放題で、みんながこの夫婦生活は地獄に
なると思いました

ところがどうして！　結果は正反対

スワンが、妻は最高の伴侶だなどと言えば、みんなは
嘘をつけと思います。しかし、これが人の思うほど
嘘ではない。彼女のやり方はすべての夫が好ましいと
思うものではないが、彼女がスワンに愛情を抱いて
いるらしいことは否定できません。要するに、ここだけ
の話だが、スワンは昔から彼女をよく知っていたので、
事態への対処を過ったとは考えにくいのです

彼女が浮気性でないとは言わないし、口さがない
連中が調子に乗って言いふらしていることを信じる
なら、スワン自身だって間違いなく浮気男です。
でも、彼女はスワンが自分にしてくれたことに
感謝しているのです

そして、みんなが心配したのとは逆に、
天使のようにやさしい女になったらしい

この種の結婚をばかげていると思う人は、自分のことはこう考える。

「私がモンモランシー嬢なんかと結婚したら、ゲルマント氏は何と思うだろう、ブレオテは何と言うだろう?」

20年前なら、こうした社会的理念を抱く人にスワン自身も含まれていた。

当時の彼は、華々しい結婚をして、ついにはパリで一番
注目される人間の一人になろうと考えていた。だが、当
人が心に抱くこうした結婚のイメージは、外部から栄養
補給を受けなければ消えてしまう。

スワンの側から言えば、彼はオデットと結婚したせいで、社
交界への野心を諦めたわけではない。というのは、それ以
前から、オデットはスワンをそうした野心から解き放ってい
たからだ。それに、野心から解き放たれていなかったとして
も、オデットとの結婚はスワンの評判をむしろ上げただろう。

　一般に、不名誉な結婚がすべての結婚のなかで一番高く評価されるのは、純粋に内面的な幸福のために、多少なりとも
人が羨む地位を捨てることが含まれているからだ。

オデットと結婚するかもしれないとスワンが思うたびに、社交界でただひとり気にかける人物は、ゲルマント公爵夫人だけで、それは貴族崇拝からではなかった。

スワンがオデットと結婚したのは、必要とあらば絶対に誰にも知られずに、オデットとジルベルトをゲルマント公爵夫人に紹介するためだった。

我々が決断を下すとき、それに伴うイメージが決断の動機になることがあるが、その限りで言えば、

スワンが妻と娘のために望んだこの唯一の社交的野心は、まさに実現が拒否され、それも絶対的な拒否にあったため、スワンはまさか公爵夫人がのちに妻と娘と出会うとは知らずに死んだ。

それどころか、いずれ分かるが、ゲルマント公爵夫人はスワンの死後オデットとジルベルトと親しくなるのだ。

だが、スワンはそんなことを自分自身の経験から承知していたのではないか？ このオデットとの結婚は、彼の人生において、すでに死後の幸福となっていたのではないか？ スワンはオデットを情熱的に愛していた。しかし、彼女をもはや愛さなくなったとき、つまり、オデットと全人生を一緒に過ごしたいと強く思い、しかし無理だと思ってひどく絶望した存在がスワンのなかで死んだとき、初めてオデットを妻にしたのだ。

パリ伯爵はスワンの友だちなんでしょう？

私は会話がスワンから逸れることを恐れていた。

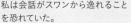

ええ、たしかに

そういえば、4年ほど前、中欧のある国の小さな鉄道駅で、パリ伯爵がスワン夫人を見かけたことがあった

もちろん、パリ伯爵のとり巻きで、殿下に彼女をどう思いますなどと尋ねた者は誰もいない

無礼千万だからね

だが、たまたま会話に彼女の名前が出ると、パリ伯爵は彼女に悪い印象をもっていないことをほのめかされたらしい

あなた自身の印象はいかがでしたか？

まったく申し分なし！

この上なく魅力的でしたよ！

その夕食にベルゴットという名の作家はいましたか？

ええ、ベルゴットもいました

彼を知っているのですか？

この子は知らないのですが、とても尊敬しているんです

おやおや、その考えには同意できませんね。ベルゴットは、私がフルート吹きと呼ぶような人間です。ともかく、ずいぶんわざとらしく、気障（きざ）だが、心地よく吹くことは認めなければならない

だが、結局それだけで、大したものじゃない

ぜんぜん—あるいは、ほとんど—構成力がない、とくに深みがない

彼の書物は根本に欠点がある、いや、根本がまったくない

これが、あの連中の言う「芸術のための芸術」なる「神聖不可侵の流派」への冒瀆（ぼうとく）だとは私も承知していますが、現代には、言葉を気持ちよく並べるよりもっと緊急の仕事があります

先ほど見せてくれた作文のことが今はよく理解できますよ。看過できない失敗と評するつもりはありません

あなた自身はっきりと、子供のなぐり書きにすぎないと言うのですから

（私はたしかにそう言ったが、ぜんぜんそう思っていない）

あなたの見せてくれた文章にはベルゴットの悪影響がある

とはいえ、彼の場合、作品は作家よりはるかに優れている

そう、彼を見れば、作家は作品によってのみ判定されるべきだと主張した才人が正しいと思えてきます

32

ノルポワ氏に見せた断片についての彼の評価に打ちのめされた私は、またしても、自分は文学に向いていないと感じた。

今から数年前、私が大使をしていたとき、ベルゴットが旅行でウィーンにやって来ました

彼はメッテルニヒ大公夫人の紹介で来て、大使館の招待客にしてほしいと言うのです

私はその国でのフランス代表だし、彼は著作を通じてともかくフランスの名誉に貢献したので、まあ、ある程度は彼の私生活の嘆かわしい噂は大目に見てもよかった

だが、彼の旅は女連れで、女も一緒に招待客にしろと言うのです

私は人並み以上に堅物ではありません。だが、正直言って、ベルゴットが著作で示す度外れて道徳的な口調には我慢ならない

それなのに、私生活では、あれほどの無分別と破廉恥(はれんち)を見せるのですから

結局、私が返事を避けると

大公夫人が再度頼んできたが、承知しませんでした。ですから、私と一緒に彼を招待したスワンの配慮を、彼がどれほどありがたがっているかは分かりません

客間に移りましょう

スワン夫人のお嬢さんもその夕食に来ましたか?

ああ、14、5歳の娘さんね?

そう、思いだした。彼女は夕食の前にご主人の娘さんとして紹介されました。すぐに床に就きに行ったが

33

君はずいぶんスワン家のことに
詳しいんですね

スワン嬢とはシャンゼリゼ公園で遊びますが、
素敵な子ですよ

ああ！　そうか！　そうか！　たしかに魅力的に見えた。
だが、はっきり言って、母親ほどにはけっしていかない
と思うな。こんなことを言って、君のあまりに繊細な
感情を傷つけたくはないが

僕はスワン嬢の顔のほうが好きですが、
お母さんも同じくらいすごく素敵ですね。
スワン夫人が通るのを見るためだけに
ブローニュの森へ散歩に行くくらいですから

そうか！　彼女たちにそう言って
おこう。とても喜ぶだろう

ノルポワ氏は、スワン夫人の目に映る自分の大いなる威光を私のために行使して、私のことをジルベルトとその母親に
話しておこうと言うのだ。そこで突然、この人物に対する大きな愛情が湧いて、私はその白い、皺の寄った、やさしい
手にキスしたい気持ちを抑えるのに苦労した。

まさか！　そんなふうに僕のことをスワン
夫人に話してくださったら、一生かかっても僕の
感謝の気持ちを表わすことはできません。
僕の人生をあなたに捧げますよ！

でも、申しあげておきますが、僕は
スワン夫人を知らないし、一度も
紹介されたことがないんです

だが、ノルポワ氏に口利きを決心させるだろうと思われ
た私の言葉は、まさに彼に口利きを断念させる結果に
しかならないだろう、とすぐに気づいた。

ノルポワ氏は、スワン夫人に人を紹介して家に招かせるほど簡単
なことはないと分かっていたが、私が表明した願望は何か邪悪
な狙いを隠しているに違いないと考えたのだ。

そして、彼はこの口利きをけっして実行しないと私は分かった。

ノルポワ氏が帰ると…

ほら、読んでごらん、ちょうど今日の午後の芝居のことが出ているよ

「『フェードル』の上演は熱狂する劇場においてなされ、そこには芸術・批評界の主な名士が列席したが、これはフェードル役を演じたベルマ夫人にとって、その輝かしい経歴のなかでも稀に見る、最も華々しい成功の機会となった。

真の演劇の事件というべきこの公演は後世に長く語りつがれるはずだ。だが、こう言うにとどめよう。最も権威ある判定者たちは一致して、この演技はラシーヌの創りだした最も美しく最も深いフェードルの人間像を一新し、現代において見ることが可能な、最も純粋かつ高尚な芸術創造を形づくるものだと断言している」

なんて偉大な芸術家なんだ！

Le Siècle

正直言って、ノルポワ親父はお前の言うとおりちょっと「紋切型」だね

彼が、パリ伯爵に質問するのは「無礼千万」だと言ったときには、お前が噴きだすんじゃないかと冷やひやしたよ

とんでもない。あれほど偉いお年寄りがあんなに純粋な心をもっているのは素晴らしいわ。誠実さと育ちのよさの証拠よ

彼がスワンの家で食事して、まあまともな人々や役人たちに会ったのは驚きだな…スワン夫人はそういう人たちをどこで釣ってくるんだろうね？

気がついたかしら？　彼が「主に男ばかりが行く家」と言ったときのすごく意地悪そうな顔

フランソワーズは、芸術家が自分の芸術の話をされるときのような、率直な誇りと、明るく賢そうな目で、ノルポワ氏の讃辞を受けとめた。

大使は、お宅みたいなコールドビーフとスフレはほかのどこでも食べられないって断言したわ

私と同じ人のよいお年寄りなんですね

私は晴れた日にはやはりシャンゼリゼ公園へ行った。

その間ジルベルトはぜんぜん来なかった。

だが、彼女に会う必要があると思った。彼女の顔さえ思いだせなくなっていたからだ。

愛する人を失った者と同じで、眠っているとき、当の相手と再会できないのに、夢で多くの耐えがたい連中と出会うので腹が立ったのだ。苦しみの対象を思いうかべられず、ほとんど苦しまない自分を非難してしまう。私もジルベルトの顔を思いだせず、もう愛していないのかと思ってしまうほどだった。

やっと彼女は毎日遊びに来るようになった。

だが、あることでまた事情が変わった。私が彼女の両親をどれほど尊敬しているか語ると、彼女は突然、

でも、パパとママはあなたを好きじゃないわ!

スワン夫妻は娘と私の関係を好ましい目で見ておらず、私が真面目な人間とも信じていないし、娘に悪影響しか与えないと思っているのだ。

スワンは私が昨今の不真面目な若者と同じだと考えていた。そういう若者の特徴は、好きな娘の両親を嫌うことだ。だが、私はそうした特徴を否定し、自分のなかで沸きたつスワンへの共感をぶつけた。熱烈といってもいい共感だった。

私はスワンへの感情を思いきってすべて長い手紙に記し、ジルベルトに託して、彼に渡してくれと頼んだ。

なんと! 翌日ジルベルトは私に手紙を返し、これを読んだ父親が肩をすくめてこう言ったという。

「こんなことには何の意味もない。私の考えが正しいと証明するだけだ」

おや、行かなくちゃ。
ちょっと待ってて

フランソワーズが私を呼んだので、私は彼女に付いて、使われなくなった昔のパリの入市税関事務所にそっくりの小さな建物に行かねばならなかった。

そのなかにはしばらく前から、英国では「ラヴァボ」と呼ばれ、フランスでは生半可な英国かぶれで「ワテルクロゼット」と呼ばれる施設が設置されていた。

たぶん、ここにいる女はこの施設の管理人になる前に不幸な目にあったのだろう。だが、フランソワーズはこの女が侯爵夫人で、サン＝フェレオル家の出だと断言した。

入口の古い湿った壁から冷たく黴（かび）くさい匂いが発し、それは私を、長く続く、説明しがたい、確かな真理の、とろりとして、心地よい、穏やかで、豊かな喜びで満たした。

私を捉えたこの印象の魅力を解明したいと思ったが、

施設の管理人が私に話しかけてきた。

そんな外の寒いところにいてはだめよ

この侯爵夫人は便所のドアまで開けてくれた。

入らない？　ほんとにきれいな個室よ

あなたには無料にしてあげる

ともかく、「侯爵夫人」が若い男の子に趣味があったとしても、人間がスフィンクスのようにしゃがみこむためのこの四角い石の塊でできた地下墳墓のドアを開くとき、彼女のところに来る客は、公園の営林監視人の老人のほかにぜんぜん見なかった。

みんなは隠れんぼをしていた。

お父さんに僕の口からじかに
説明できる方法はない？

それはもう提案したけど、
その必要はないって

ほら、手紙を忘れないで。ほかの
子たちのところに行かないと。
みんな私を見つけてくれないんだもの

そのとき、私が手紙をとり返す前にスワンがやって来たら、たぶん彼は
自分が正しかったと分かっただろう。私はジルベルトの肉体にひどく惹
かれるのを感じていたからだ。

さあ、僕が手紙をとり返すのを邪魔して
ごらん。どっちが強いかやってみよう

私たちは絡みあって争った。私は彼女を引きよせようとし、彼女は逆らった。私がくすぐったかのように、彼女は笑った…。

そして、この競技のさなかで、

私は快楽のしずくを漏らした
が、それをちゃんと味わって
いる間もなかった。

するとジルベルトはやさしくこう言った。

もちろん、お望みなら、
もうちょっと揉みあってもいいのよ

たぶん彼女は、この遊びに私が提案したのとは違う目的があることにうっすら気づいていたが、私がその
目的に達したことが分からなかったのだ。そして、私はそれに勘づかれるのを恐れて、揉みあいを続ける
ことを承知した。

38

帰り道で、私は突然、格子模様のある建物の、煤によく似た冷たい匂いのせいで捉えかけたイメージを思いだした。さっきはそれが何だか分からなかったのだ。

それはコンブレーにあるアドルフ叔父の小さな部屋のイメージで、そこには実際、同じ湿っぽい香りが漂っていた。

しかし、そのつまらないイメージを思いだすことが、なぜこれほどの至福を感じさせるのか分からなかった。

私は自分がノルポワ氏の軽蔑に値するように思われた。これまで私が誰より好きな作家は氏がただの「フルート吹き」と呼んだ作家にすぎず、私の真の熱狂を呼んだのは黴くさい匂いだったからだ。

「自分の声を聞く」という慣用表現があるが、神経症患者はたぶん一番「自分の声を聞かず」、自分の健康を気にしない。

彼らも自分のなかで多くの信号音を聞くが、あとでそれを心配したのが誤りだと分かるので、しまいには何も気にしなくなってしまう…。

ある朝、食卓に着くと、私は吐き気とめまいに襲われた。それは病気の初期症状で、私の冷たい無関心のせいでその徴候は隠れていたが、どうにも食事に手を出し、食べる気になれなかった。そして、病気だと知られたら外出を禁じられると考えて、

力をふり絞って、部屋まで這うように戻ると、40度の熱があったが、シャンゼリゼへ出かける用意をした。

心はジルベルトと行なう「人取り遊び」のあまりにも楽しい喜びを求めて、1時間後にはほとんど立ってもいられなかったのに、彼女のそばにいると幸せで、その幸せをもっと味わう気力があった。

具合が悪いんです。汗が冷えて風邪を引いたんでしょう

39

肺鬱血(はいうっけつ)に伴う発熱です。こうして急に上がるほうが、一時的な昂進(こうしん)なので、

熱が密かに潜伏するより好ましい

すでにかなり前から私は呼吸困難に見舞われていたが、医師は、私が発作が来そうだと感じたら、カフェインだけでなく、ビールやシャンパンやコニャックを飲むことを薦めた。祖母は今から私がアルコール中毒で死ぬ姿を想像して反対したのだが。

発作はアルコールがもたらす「陶酔感」で消えますよ

私は、祖母の許でアルコールが飲めるように、たびたび呼吸困難の状態をわざと誇張しなければならなかった。

とはいえ、呼吸困難が近づくのを感じると、いつもそれがどの程度になるのか分からず、不安で、

祖母の心痛を考えると、そのほうが自分の苦しみよりはるかに心配だった。

しかし、同時に私の体は、その苦痛を一人で隠しておくにはあまりに弱すぎたせいか、あるいは、苦しみを知らない家の者たちが体に危険な努力を強いるのを恐れたせいか、

祖母には体調不良を正確に伝える必要を感じた。

ときにやりすぎてしまうと、愛する祖母の顔は憐みの表情を浮かべ、苦痛に歪む。

私は何もつらくないと言いかえす。

だが、体はまさに受けるべき憐みを欲していたのだ。

ある夜、私の寝室に入った祖母は、私が呼吸できなくなっているのに気づいた。

まあ！ たいへん、なんて苦しそうな！

祖母はすぐに寝室を出て、少ししてコニャックを持って戻った。買ってきたのだ。

まもなく…

祖母は困った顔をしていた。

じゃあ行きますよ、加減が良くなったんだから、ちょっと休みなさい

翌日、夜にならないと祖母は寝室に来なかった。

それは私への無関心を示すためだと分かったが、文句を言わずに我慢した。

私の呼吸困難が続いたので、両親はコタール教授に往診に来てもらった。

コタールはほとんど躊躇せず、有無を言わさず処方を下した。

思い切って強い下剤

何日間かは牛乳

牛乳だけ。
肉とアルコールは禁止

でも先生、この子には体力をつけないと。
強い下剤とこんな食事では弱ってしまいます

私はコタールの目を見て、彼の生来のやさしさが表に出てしまったのではないかと気にしていることを悟った。彼は冷たい仮面を着け忘れなかったか思いだそうとしていた。

思いだせないので、ぶっきらぼうに答えた。

私は処方を二度とくり返しませんよ。
ペンを貸してください

ともかく、牛乳

そのうち発作と不眠が収まったら、ポタージュ、
それからピューレをとってもいいでしょう。
だが、いつも牛乳入り、牛乳入り

面白いでしょう、
スペインが
流行だから、
オレ！　オレ！

彼はあえてこの食事療法の理由を説明せずに帰ったので、両親はこの食事は症状の改善と無関係で、無用に私の体を衰弱させると判断し、私に実行させなかった。

すると私の病状が悪化したので、両親はコタールの処方に厳密に従わせようと決心した。3日後に私はぜいぜい言わなくなったし、咳もなくなり、呼吸が楽になった。

それで私たちはこのお調子者が偉大な臨床医だと分かったのだ。

ようやく私は起きることができた。だが、両親はもうシャンゼリゼには行かせないと言った。

空気が悪いからというのだ。

ある日、郵便の来る時間に、母が私の
ベッドに1通の手紙を置いた…

mitiés,
      Gilberte.
      ジルベルト

Mon cher ami, j'ai appris que vous aviez été
私の大事なお友だちへ。あなたがとても
très souffrant et que vous ne veniez plus aux
重い病気になったので、もうシャンゼリゼ
Champs-Élysées. Moi je n'y vais guère non
に来られないと聞きました。私ももうほ
plus parce qu'il y a énormément de malades.
ど行きません。病気になる人がすごく多
Mais mes amies viennent goûter tous les lundis
いからです。でも、友だちは毎週月曜と
et vendredis à la maison. Maman me charge de
金曜にうちに来てお茶をします。ママは、
vous dire que vous nous feriez très grand plai-
体が良くなりしだいあなたも来てくれれば
sir en venant aussi dès que vous serez rétabli,
とてもうれしい、と伝えてと言っています。
et nous pourrions reprendre à la maison nos
そしたら、シャンゼリゼでの楽しいおしゃ
bonnes causeries des Champs-Élysées. Adieu,
べりをうちで続けられるもの。さよなら、
mon cher ami, j'espère que vos parents vous
親しいお友だち。あなたの両親がいつで
permettront de venir très souvent goûter,
もお茶をしに来るのを許してくれるといい
et je vous envoie toutes mes amitiés,
けれど。心からの友情を送ります。

Gilberte.
ジルベルト

こうして私は幸福を知った。

人生には、恋する者がつねに待ち望むこうした奇跡がちりばめられている。この奇跡は私の母が人工的にひき起こしたものかもしれない。私がしばらく生きる意欲をまったく失くしているのを見て、たぶんジルベルトに、私に手紙を書いてやってほしいと頼んだのだ。

それより少し前、ブロックが私に会いに来たとき、コタールが私の寝室にいた。ブロックは、スワン夫人が私のことを大好きだという噂を語ったが、私にはその誤解を訂正する気力もなかった。

一方、コタールはスワン夫人の主治医だったので、私を自分の患者で魅力的な少年だと言えば、夫人の受けがいいだろうと考えて、今度彼女に会ったら私の話をしようと決心した。

こうして私はあのアパルトマンを知った。

そこからはスワン夫人のつける香水の匂いが階段まで流れてきたが、それ以上に、ジルベルトの生活から発散する独特の悲痛な魅力が香り高く漂っていた。

情け容赦のない門番は愛想のよいエウメニデスに変わり、私が上がってもいいかと尋ねると、その願いを聞きとどける合図をした。

ご機嫌よう

ご機嫌よう

君が来たと娘は知っているかな？

では、またお会いしよう

気候のよい季節には、ジルベルトと午後いっぱい彼女の部屋で過ごしたり、ちょっと空気を入れるために私が窓を開けて、彼女のそばで窓にもたれかかったり、彼女の母親が客を迎える日は、客がやって来るのを見たりした。

そんなとき、ジルベルトのお下げ髪が私の頬に触れる。

ジルベルトのお下げ髪は、「天国」の芝生で創った比類ない工芸品に思われた。せめて写真が欲しかった！　私はその写真1枚を手に入れようと、スワンの知人たちや写真屋にまで卑屈に頼みこんだが、欲しいものは得られず、その後ずっとろくでもない連中との付きあいができてしまった。

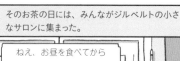
そのお茶の日には、みんながジルベルトの小さなサロンに集まった。

ねえ、お昼を食べてから時間が経ったし、夕食は8時になっちゃうわ

何か食べたいわね、どう？

気にもせずにケーキを食べたが、やがて消化すべき時がやって来るだろう。

だが、それはまだ先の話だ。

それまでに、ジルベルトは「僕のお茶」をいれてくれる。

私はそれをやたらに飲むが、たった1杯で丸一日眠れなくなるのだ。

だから母はいつもこう言う。

困るわ、この子はスワンさんのお宅へ行くと病気になって帰って来る

お茶を飲まない子もいた！

まったく、私のお茶は人気がないわ！

あら、おいしそうなものを食べてるのね。「ケイク」を食べてるのを見たら、お腹が空いてきた

じゃあ、ママ、ご招待するわ

親切にありがとう、でもまだお客さんがいるの

トロンベール夫人、コタール夫人に、ボンタン夫人もね

知ってのとおり、ボンタン夫人はいらっしゃると長いし、まだ来たばかりなの

44

もう誰も来なければ、ほかの方が帰ったら、あなたたちとおしゃべりしに戻ってくるわ
（そのほうがずっと面白いし）

では、近いうちにジルベルトと二人でお茶を飲みにいらっして。ジルベルトは、あなたが小さな「仕事部屋」で飲むような、あなた好みのお茶をいれてくれるわよ

自分が「ステュディオ」を持っているかどうかも分からなかった。

いついらっしゃる？ 明日？

コロンバンと同じくらいおいしいトーストを作ってあげる

だめ？ いじわるね

…彼女もサロンを開くようになって以来、ヴェルデュラン夫人の態度と、高飛車だが媚びるような口調を真似ていた。

ともあれ、私はトーストもコロンバンも知らなかったが、それ以上に奇妙に思えたのは、最初スワン夫人が「ナース」と言ったとき、誰の話をしているのか分からなかったことだ。

…あの人はすごく忠実で、すごく善良だって分かるわ、あなたの年とった「ナース」は…

私は英語ができなかったが、やがてその言葉がフランソワーズを指していると分かった。

たちまち私はフランソワーズについて全面的に評価を改めた。逆に、ゴム製のレインコートを着て帽子に羽根飾りをつけたジルベルトの女家庭教師は、もうそんなに必要な存在ではなくなった。

スワン夫人が食堂を出ると、帰宅したばかりの夫がやって来た。

ジルベルト、お母さんは一人かい？

いいえ、パパ、まだお客さんがいるわ

まだいるのか？ 7時なのに！ひどいな。きっとくたくただろう

帰ってきたときには、お客の日だと思っていなかったんだ。門の前にずらりと並んだ馬車を見て、この建物で結婚式があるのかと思ったよ

書斎に入ってしばらくは、玄関のベルが鳴りっぱなしだった

45

で、彼女のそばにお客はまだ
たくさんいるのかい？

いいえ、二人だけ

誰か分かるかな？

コタール夫人とポンタン夫人

ああ！　建設大臣の官房長の妻か

ご主人がどこかのお役所勤めでしょう。
でも正確には何か分からないわ

何だって、おばかさん、2歳の子供みたいな口を
きいて。何を言ってるんだ、お役所勤めだって？

正真正銘の官房長、省全体のトップだ。
いや、頭がどうかしたな、彼は官房長官だ

分からないけど、官房長官って
そんなに偉いの？

ジルベルトは、これほど華々しい付きあいを軽視する
ふりをすれば、かえってその付きあいがひき立つと思っ
たのかもしれない。

何だと、偉いかだって！
いいかい、大臣の次に偉いんだ！

いや、大臣以上だ。彼がすべてを
とり仕切るんだから

それに一流の人物で、
とても優秀な人らしい

レジオン・ドヌール
4等勲章も貰っている

今の政府にああいう人々がいるのを見るのは本当に面白いよ。
だってポンタン一家、ポンタン＝シュニュ家の出身だよ。反動的
で、強権主義で、偏狭な考えをもったブルジョワの典型だ

君の亡くなったお祖父さんはよく知っていたよ、当時
金持ちだったのに御者に1スーしかチップをやらなかった
シュニュ爺さんとか、プレオ＝シュニュ男爵とか

全財産がユニオン・ジェネラル銀行の倒産で
消えたんだ、君は若いから知らないだろうが…

それは私の授業に来ていた女の子の叔父さんね。私より
ずっと下のクラスの「アルベルチーヌ」。きっとすごく
「ふしだら」になるわよ、いまでも変な格好をしてるもの

驚いた娘だ、誰でも知っているんだな

知りあいじゃないの。通るのを見た
だけ。あっちでもこっちでも、
アルベルチーヌって大騒ぎ。でも、
ポンタン夫人は知っているわ。
あの人も好きになれないけど

大間違いだ。夫人は魅力的で、美しく、聡明だ。才気煥発
といってもいい。これから挨拶をしに行って、ポンタン氏が
戦争になると思っているかどうか、テオドシウス王は期待でき
るかどうか、尋ねてみよう。彼なら分かっているはずだ、
最高機密に通じているからね

昔のスワンはこんな話し方をしなかった。

スワン家の人々には、あまり客が来ない家の人の悪癖が染みついていた。ちょっと知られた人の訪問や招待が、彼らにとっては、みんなに吹聴したい大事件になってしまうのだ。

ボンタン夫人に関しては、彼女のことをスワンがあんなに熱心に話していたのを見れば、彼女が自分の妻に会いに来ることを私の両親がいつか知るだろうと考えても、悪い気はしていなかったのだ。

トロンベール夫人の名が出ると、母はこう言った。

あら！　新入りのお客ね。それが別の新入りを連れてくるのよ

そして、スワン夫人が交際相手を征服する、いささか大ざっぱで、手っとり早く、荒っぽいやり方を植民地戦争になぞらえて、つけ加えた。

トロンベール族を支配したんだから、隣の部族の制圧もまもなくよ

母は街でスワン夫人とすれちがうと、帰宅してこう言う。

スワン夫人を見かけたけれど、戦闘態勢だったわ。きっとマセシュト族か、シンハラ族か、トロンベール族を相手に戦果をあげに行くところだったんでしょう

そして、私が新しい人に会ったと言うたびに、母はすぐにその素性を見抜き、大きな犠牲を払って得た戦利品であるかのように、そういう人々の話をした。

…某家への遠征の成果よ

コタール夫人に関して、父は、この無粋なブルジョワ女を引きよせておくとスワン夫人にどんな利点があるのか、不思議がっていた。

教授の地位があっても、正直分からんなあ

逆に、母にはとてもよく分かるのだった。女はかつて自分の生きていた環境とは違う環境へ入ることに快楽を見出すが、前とは替わって新しく手に入れた相対的にもっと華やかな付きあいを、かつて付きあっていた人々に教えることができなければ、その快楽の大部分は失われてしまうのだ。

…その付きあいを教えるためには、この甘美な新世界に証人を入りこませなければならない…

…その証人が、ぶんぶん飛びまわる昆虫のように花のなかに入り、それから行く先々で噂や羨望と賞讃の種をばら撒いてくれることをともかく期待するのだ。

 コタール夫人はまさにその役割を果たすために見出された、特殊な招待客の範疇に入る人物だった。それを母はこう呼んだ。

「スパルタに行きて告げよの異邦人」ってわけ

 スワン夫人は、この活動的な働きバチが一日の午後だけでひどくたくさんのブルジョワの花の蕾に入りこめると分かっていた。その流布能力を承知していたので、確率計算に基づいて、ヴェルデュラン家のある常連は、明後日にはかならずパリ防衛司令官がスワン夫人の家に名刺を置いていったことを知るだろう、と予測できる根拠があった。

ところで、スワン夫人は「官界」といわれる世界でしか成功を博していなかった。優雅な女性たちはスワン夫人の家には行かなかったからだ。

優雅な女性は共和派の大物が来るのでスワン家を避けたわけではない。

私が幼い子供だったころは、格式あるサロンが共和派を迎えることなどありえなかった。そうした環境で暮らす人々は、「日和見主義者」はもちろん、おぞましい「急進派」を迎えることなど不可能で、この状態は石油ランプや乗合馬車と同じく永遠に続くと思いこんでいた。

 だが、ときどきくるりと回る万華鏡と同じで、社会も、不変だと思われた色々な要素を次々に様々なやり方で置きかえる。

私がまだ初聖体拝領を済ませないころは、保守的な考えの婦人が訪問先で優雅なユダヤ人女性を見かけて啞然とすることがあった。万華鏡のこうした新しい構図は判断基準の変化が作りだす。

 ドレフュス事件はその変化の一つをもたらし、万華鏡はまたしても色鮮やかな模様をがらりと変化させた。

 ユダヤと名のつくものは、優雅な夫人であっても凋落し、怪しい国家主義者たちが台頭してその地位を奪った。

パリで一番華やかなサロンは、過激なカトリック主義を奉じるオーストリアの大公のサロンだった。

ドレフュス事件でなく、ドイツとの戦争が起こっていれば、万華鏡は逆の方向に回転しただろう。

ユダヤ人は、みんなの驚きを尻目に、自分たちが愛国者だと見せつけて、地位を保ったにちがいない。

もう誰もオーストリアの大公のサロンには行こうとしなかっただろうし、行っても絶対に黙っていただろう。

それなのに、社会が一時的に安定するたび、そこに暮らす人々は、電話の使用を始めたくせに飛行機の発明を信じないように、もはやいかなる変化も起こりはしないと思うのだ。

ただ一つ変わらないのは、毎回「フランスで何かが変わった」ように見えることだけだ。

私がスワン夫人の家に行っていたころ、ドレフュス事件はまだ起こっておらず、何人かの有力ユダヤ人は絶大な権威をもっていた。今はもうそんな人はサー・リュフュス・イスラエルスしかいない。

その妻のレディ・イスラエルスはスワンの叔母で、スワンはこの叔母が好きでないため、大して付きあいもしなかったが、おそらく叔母の遺産相続人になるはずだった。

レディ・イスラエルスは途方もない金持ちで、甚大な影響力があったので、それを行使して、自分の知人は誰もオデットを家に招かないようにさせた。

オデットは気持ちを挫かれ、今後この世界にそれ以上入りこもうという望みを捨てた。そもそも彼女が招かれたいと思うような世界ではまったくなかったのだ。

オデットはフォブール・サン＝ジェルマンに完全に興味を失い、相変わらず教養のない高級娼婦だった。

そしてスワンは、こうした元情婦の特徴を好ましいとか無害だとか思う恋人のままだった。私はしばしば、スワンの妻が社交上無作法きわまる言葉を吐くのを耳にしたが、スワンは矯正しようとしなかったからだ。

そのうえ、オデットのこととなると、スワンは彼女の知性のお粗末さも目に入らなかった。

さらに、オデットがばかな話をするたび、

スワンは妻の言葉を、満足そうに、楽しげに、ほとんど賞讃するように聞いていた。その賞讃には官能の名残が入っていたにちがいない。

ところが同じ会話で、彼自身が、微妙な、深みのあることを語っても、オデットはつまらなそうに聞いたり、すぐに苛々したり、

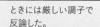

ときには厳しい調子で反論した。

これとは逆に、多くの優れた女性たちが、自分のこの上なく繊細な言葉を容赦なくけなす愚かな男に魅了され、愛情のもたらす限りない寛大さのせいで、男の平凡きわまる冗談に大喜びしていることを考えれば、エリートが低俗な相手に服従することは多くの家庭で見られる法則だと結論できるだろう。

この時期にオデットがフォブール・サン=ジェルマンから拒否された理由に戻れば、まず指摘すべきは、社交界の万華鏡のつい最近の回転が、一連のスキャンダルによってひき起こされたことである。

人々が安心しきって訪れていた家の女たちが、娼婦であり、イギリスのスパイであることが露見したのだ。

オデットは、人々が今まさに手を切ったものをそのまま体現していた。この世界で「正体を暴露された」女たちに、あまりにも似ていたのだ。

私がオデットの家に行きはじめた時代には、反ユダヤ主義は問題になっていなかった。だが、彼女は人々が当分のあいだ避けようとしたものにそっくりだった。

スワンのほうは今も、かつて付きあいのあった人々、すなわち、例外なく社交界の頂点にいる人々の何人かをしばしば訪ねていた。

さらにスワンは、今あるがままの社交界で、単なる教養人や芸術家の楽しみを求めるだけでは満足せず、異質な要素を組みあわせ、あちこちで摘みとった人々を集めて、社会の花束のようなものを作るというかなり俗悪な気晴らしをしていた。こうした楽しい（あるいはスワンが楽しいと思う）社会学の実験は、彼の妻の友人たちによっては異なった反応が起こった。

コタール夫妻とヴァンドーム公爵夫人を一緒に招こうと思うんです

この計画はボンタン夫人を憤慨させる性格をもっていた。夫人は最近スワン夫妻からヴァンドーム公爵夫人を紹介され、それを嬉しくも当然のことと考えていた。コタール夫妻にその話をして自慢するのは、ボンタン夫人にとってひどく味わい深い楽しみだったのだ。

だが、新たな叙勲者が、勲章を貰ったとたん、勲章の出る蛇口を閉めてほしいと思うように、ボンタン夫人は今後、自分と付きあいのある誰一人として公爵夫人に紹介されないようにと願っていた。

彼女は内心でスワンの邪悪な趣味を呪った。

コタール夫妻にヴァンドーム公爵夫人の話をして披露した虚栄が、

スワンの愚かで奇妙な美学の実行のせいで、一気に吹きとんでしまうからだ。

そう，コタール夫妻とヴァンドーム公爵夫人，面白い取りあわせになると思いませんか？

うまくいくはずがないし，面倒なことが起こると思いますよ。火遊びはいけませんわ

スワンは訪問先から夕食の直前に帰宅することがよくあった。この午後6時という時間には、かつて自分がひどく不幸に思えたものだが、現在はもう、オデットが今は何をしているだろうかと悩むこともなく、家で客を迎えているのか、それとも外出しているのかと心配することもほとんどなかった。

彼は時々、何年も前のある日、オデットがフォルシュヴィルに宛てた手紙を封筒ごしに盗み読みしようとしたことを思いだす。

だが、この思い出は不愉快なものだった。

昔、彼がひどく苦しんでいたころ、もうオデットを愛さなくなって、彼女を怒らせることも、彼女を愛しすぎていると思わせることも怖くなったら、単に真実を求め、また、歴史上の問題点を明らかにしたいという気持ちから、オデットにじかに問いただしてすっきりしてやろうと誓っていることがあった。

それは、スワンがベルを鳴らし、窓ガラスを叩いてもドアを開けてもらえなかった日、オデットはこの訪問者は叔父だったとフォルシュヴィルへの手紙に書いていたが、彼女がそのときフォルシュヴィルと寝たのかどうかという問題だった。

だが、嫉妬さえ終われば明らかにできると待ち望んでいたこのじつに興味深い問題は、嫉妬心がなくなると、スワンの目には一切の興味が消えてしまった。

いつか、自分を苦しませるオデットの生活の真実を明らかにしたかったが、それだけが唯一の願いではなかった。オデットへの愛が消え、もう彼女を恐れる必要がなくなったら、苦しみの復讐をしたいという願いも心に秘めていた。

ところで、この二つ目の願いをまさに叶える機会が訪れた。というのも、別の女を愛したからだ。この女に嫉妬を感じる理由はなかったが、嫉妬は生まれた。なぜなら、彼にはもう愛し方を変えることができず、

オデットに用いた愛し方をこの女にも用いることになったのだ。

スワンの嫉妬がまた生まれるためには、その女が彼を裏切る必要はなかった。女が何かの理由で彼から離れて、例えば夜会に行って楽しんでいるらしいといったことで十分だった。それだけで彼の中なかに昔の不安が目覚めた。実際、この不安は、スワンと愛する女のあいだに、かつて存在した無数の疑惑を忍びこませた。元の原因はオデットにあったが、その疑惑のせいで、今やこの年老いた恋する男は、「嫉妬をかき立てる女」という昔からの多くの女の重なりあった幻影を通してしか、現在の恋人を見ることができなくなっていた。そして、その幻影のなかに新しい恋人も勝手にはめこんでしまったのだ。

かつては、いつか妻になるとは思いもしなかった女を愛さなくなったら、ついに本物の無関心を情け容赦なく見せつけて、長いこと辱められた自尊心の復讐をしようと誓っていたが、もはやそんな報復に執着する気持ちはなかった。

愛が消えるとともに、もう愛していないことを見せつけたいという欲望も消えたのだ。

そして、オデットに苦しめられていたときは、いつかほかの女に夢中なところを見せてやろうとあれほど望んでいたのに、そうできるようになった今は、この新たな恋を妻に気づかれないように、細心の注意を重ねるのだった。

ジルベルトへの大きな影響力をもった友人という新しい立場のせいで、私はいまや恩恵を受けることになったが、それは、私がいつも一番の成績を収めている学校に王様の息子である友達がいて、その偶然のおかげで時々王宮に行ったり、「玉座」の間で謁見を許されたりするのと同じことだった。

私の書庫を見ないかね？

スワンは限りなく好意的で、１時間ものあいだ質問を重ねるのだが、私は感動のあまりその言葉がひと言も理解できず、口ごもったり、臆病に黙りこんだりするばかりだった。

スワンは私の興味を引きそうだと判断した美術品や本を見せてくれる。

私は初めから、それらが美しさの点で、ルーヴル美術館や国立図書館に所蔵されるすべての美術品や本より、はるかに優れていると疑わなかった。

また、スワンの所有する作品は、それが彼の家に置かれていて、昼食に先立つ甘美な時間の一部分をなしてさえいれば、私には十分だった。たとえ『モナリザ』がそこにあったとしても、私にはスワン夫人のガウンや気付け薬の小瓶ほどの喜びももたらしはしなかっただろう。

その後、私はスワン家のお茶の会に参加できるようになっただけでなく、ジルベルトが母親と一緒に散歩やマチネーに行くための外出にも、いまやスワン夫妻の許可を得て同行することができた。私は彼らの幌付き四輪馬車に席を与えられ、どこに行きたいかと尋ねられるのだった。劇場か、ジルベルトの女友達の家か、

スワン夫妻の友人の社交的な集まりか、

小さな「ミーティング」ね

サン＝ドニの「お墓」か、と。

私がスワン家の人々と外出する日には、まず彼らの家に行って昼食をとる。

「ランチ」よ

たいていは、ずっと家にいないで、散歩に行った。ときには、スワン夫人が着替えに行く前に、ピアノの前に座った。

そんなある日のこと、スワンがあれほど愛した小楽節が含まれるヴァントゥイユのソナタの一部分を彼女が私に弾いてくれたことがあった。

しかし、初めて聞く音楽がちょっと入り組んでいるとき、何も聞きとれないことがよくある。

たぶん最初のときに欠けているのは、理解ではなく、記憶なのだ。

というのも、私たちの記憶は、音楽を聞いているあいだに与えられる印象の複雑さに比して、まるで無力なものなので、なかば幼年期に逆戻りしてたった今言われたことも次の瞬間には思いだせなくなる人の記憶と同じくらい、長続きしない。記憶は、こうした多様な印象の思い出を、すぐには私たちに甦らせることができないのだ。しかし、思い出は記憶のなかに徐々に形作られていくので、2、3度聞いた作品に関しては、中学生が寝る前に何度も読んだが憶えていないと思った課題文と同じで、翌朝にはそれを暗唱できるように、思い出が残るのである。

スワン夫人をめぐって

その 2

ヴ　ァントゥイユのソナタのなかで一番深く隠されていたものが私の前に現われたとき、最初から見つかっていたものは、私から逃げだしはじめていた。私は、このソナタがもたらしてくれるものすべてを、連続する時間のなかでしか愛せなかったため、その全体を自分のものにできなかった。

このソナタは人生に似ていたのだ。

それに、いささか深い作品のなかに入りこむのに個人が必要とするこの時間は、真に新しい作品を一般大衆が愛せるようになるまでに流れた歳月のいわば象徴なのだ。

したがって、天才的な人間はたぶんこう考えるだろう。同時代の人々には必要な時の隔たりが欠けているから、ある種の絵画が近すぎるところからでは判断できないように、後世のために書かれた作品は後世によってのみ読まれねばならない、と。しかし、実際のところ、天才の作品がすぐに賞讃されるのが難しい原因は、そんな作品を書いた人物が非凡で、彼に似た人間などほとんどいないからだ。

人は、おそらく地平線であらゆるものが同じように見えるのとよく似た錯覚で、これまで絵画や音楽で起こった革命はすべてそれなりにある種の規則を尊重していたと思いこんでしまう。それなのに、今自分たちのすぐ目の前で起こっていること、つまり印象派とか、不協和音の探求とか、支那式音階のみの使用とか、立体派とか、未来派などといったものは、それ以前にあったものとはまったく違うと考えがちなのだ。

というのも、今より前にあったものは、長い同化作用によって、ユゴーとモリエールが隣りあうように、私たちにとって多様でもあれば同質でもある対象に変えられていて、私たちはそうした事情を考えに入れずにそれを眺めているからだ。

とはいえ、すべての星占いが真実になるわけではないように、芸術作品の美に時間という要素を加えなければならないことは、私たちの判断のなかに、あらゆる予言と同じ偶然的なものが混じるということであり、予言が実現されなくても、予言者の精神が凡庸だということにはまったくならない。なぜなら、存在に可能性を与えたり、存在から可能性を奪ったりするものは、かならずしも天才の能力に属していないからだ。天才であっても、鉄道や飛行機の未来を信じなかったということはありうるのだ。

私はこのソナタを理解できなかったが、スワン夫人の演奏を聞くと魅了された。

そのタッチは、私には、彼女のガウンや、階段の香水の匂いや、コートや、菊の花と同じで、理性で才能を分析できる世界よりはるかに高度な世界に存在する、彼女だけの神秘的な領域に属しているように思われた。

美しいでしょう、この
ヴァントゥイユのソナタは？

木陰に夜の闇が降りて、ヴァイオリンのアルペジオが
涼しさを滴らせる瞬間だ。ほらね、じつに素敵だ

ここには月光の静けさのすべてがある。
これが月光の本質だ

月光は木の葉の動きも止めてしまう

これこそこの小楽節のなかでじつに見事に描かれて
いるものだ。金縛りにあったブローニュの森だよ

海辺だったらもっと印象的だ。波のかすかな
応答があって、ほかがまったく動かないので、
当然ぐっと鮮やかに聞こえてくる。

だがパリでは、そうはいかない

せいぜい見えるのは、記念碑に映える
変な灯りか、色もなく危険でもない
火事で照らされたような空くらいだ

しかし、ヴァントゥイユの小楽節は、
いや、ソナタ全体は

違うんだ

舞台はブローニュの森

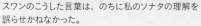

スワンのこうした言葉は、のちに私のソナタの理解を
誤らせかねなかった。

装飾音では、誰かが「新聞でも
読めそうな明るさだ」と言う声が
はっきりと聞こえてくる

だが、私は、そうした夜の葉の
茂みが…

…ただ単に、パリ郊外の何軒ものレストランで、何夜にもわ
たってスワンが小楽節を聞いた木陰の葉の茂みにすぎない
と分かった。

ヴァントゥイユのソナタがスワンに教えた魅力については、オデットに尋ねても無駄だったろう。オデットは小
楽節と同じように彼と一緒にいたが、ただ彼の横にいただけだからだ（ヴァントゥイユの曲のモチーフのように
彼の内部にいたのではない）。

本当に素敵でしょう、音は水や氷のように
何かを映せるんだ

それに、ヴァントゥイユの楽節は、当時私が
気にかけなかったことばかり教えてくれるんだ。
当時の私の心配事や恋愛沙汰なんか、
もうほんの少しも思いださないからね

シャルル、そんなふうに言うのは、
私にあまりやさしくないみたいね

やさしくないとはね！　女性は素敵なことを言う！

私がこの青年に言いたかったのは、単に、
音楽が示す―少なくとも私に示す―ものは、
「意志それ自体」とか「無限の総合」とかでは
まったくなくて、

例えば、ブローニュの森の動物園の椰子の温室にいる、
コートを着こんだヴェルデュラン親父なんかのことだよ

このサロンから出なくても、あの小楽節の
おかげで、アルムノンヴィルでの夕食に
行けたくらいだ

ほんとに、カンブルメール夫人と行くより
いつだって楽しい夕食だよ

シャルルにとてもお熱だったと
評判の女性なのよ

でしょ、
シャルルちゃん？

カンブルメール夫人のことで
でたらめを言ってはだめだよ

あら、みんなの言ってることを言っただけよ

それに、とても頭がいいらしいの、
私は知らない人だけど

でも、みんながあなたに
夢中だったって言ってるわ。
悪い気はしないでしょ

私の弾く曲で動物園を
思いだすのなら、

こちらの若い方が承知してくれたら、
今度の散歩で動物園に行くことも
できるわ

とても気候がいいし、あなたの大事な印象が甦るかも！

動物園といえば、この若い方は私たちがある人を
大好きだと思いこんでいたんですって。むしろできるだけ
「無視」している人、ブラタン夫人よ

あの人が私たちの友だちだと思われるなん
てすごい侮辱だわ。誰の悪口も言わない
コタール先生がその口ではっきりと、
胸が悪くなるっておっしゃったんだから

ひどい女だよ！　取柄はサヴォナローラに似て
いることぐらい。フラ・バルトロメオが描いた
サヴォナローラの肖像にそっくりなんだ

こんなふうに絵画に似たものを見つけるスワンの癖には、
頷けるところもあった。というのも、私たちが個性的な表情
と呼ぶものにさえ普通に見られるものがあり、様々な時代
でその表情に出会えるからだ。

だが、スワンの言うとおりだとすると、ベノッツォ・ゴッツォリが東方の三博士の行列を絵にしたとき、この絵にメディチ家の人々
を描きこんですでにひどく時代錯誤にしていたうえに、そこには自分と同時代の人だけでなく、スワンと同じ時代の多くの人々、
つまり、キリスト生誕から15世紀後どころか、画家自身から4世紀もあとの人々の肖像まで含まれているのだから、時代錯誤
の度合はいっそう強まっているはずだ。

だが、ブラタン夫人と動物園と
何の関係があるんだい？

大ありよ！

なに、君は彼女のお尻が動物園の
猿みたいに真っ青だっていうのか？

シャルル、お下品ね！

違うわ、セイロンの人が彼女に
言ったことを考えていたの

あの話をしてあげて、
ほんとに「名セリフ」
ですもの

ばかな話さ。
ブラタン夫人は、自分では愛想が
いいつもりだが、いかにも偉そう
に見下した感じで、みんなに話し
かけるのが好きなんだ

テームズ河畔のお隣さんが
「パトロナイジング」って言う
やつね

彼女が最近動物園に行ったら、
黒人たちがいたんだ

セイロン人だと思うよ、私より民族学に
ずっと強い妻が言ったようにね

まあ、シャルル、
ばかにして

ばかにするなんてとんでもない

要するに、彼女は黒人
の一人に言ったんだ、
「こんにちは、ニグロさん！」

ばかなことを！

ともかく黒人はその呼び方が
気に入らなかった。

怒ってブラタン夫人にこう言った。
「おれニグロ、でもお前ラクダ」

ほんとに笑っちゃう！
このお話、大好き

「名セリフ」でしょう？　ブラタン
おばさんの顔が目に浮かぶわ。
「おれニグロ、でもお前ラクダ！」

私はそのセイロン人たちをぜひ見に行きたいと言った。だが、本当は彼らにはまったく興味がなかった。
ただ、ブローニュの森の動物園に行くとき、そして戻ってくるとき、あのアカシヤ通りを横切ることにな
るので、もしかしてそこに名優コクランの混血の友人がいたら、

かつて私がスワン夫人
に挨拶するところを見
せられなかったので、

今度は私が馬車で彼女
の隣に座っているのを
見せたかったのだ。

動物園では、馬車から降りたあと、スワン夫人と並んで歩くのがどんなに誇らしかったことか！

もしジルベルトの友だちの誰かに会って遠くから挨拶された場合、今度は私のほうが、かつて自分が羨ましく思った人たち、ジルベルトの友だちで家族とも知りあいの人たちの一員と見なされるのだ。

私たちはスワンの友だちの貴婦人からしばしば挨拶された。

シャルル、モンモランシー夫人じゃない？

ときには貴婦人のほうが足を止め、嬉しそうにスワン夫人に挨拶したが、スワン夫人は挨拶を返すだけだった。それほどスワンは妻に控えめにするよう習慣づけていた。

相手の物腰がどれほど優雅で気品があっても、スワン夫人はつねに引けをとらなかった。スワンの妻と通りがかりの貴婦人のどちらが本物の貴族であるか、断定するのは難しかっただろう。

セイロン人を見に行った日、帰り道で、老齢だがまだ美しい婦人が、私たちのほうにやって来るのを見た…。

おや！　君の興味を
引きそうな人が来たよ

まあ、帽子をかぶって
くださいな

妃殿下をご紹介するわ

マチルド皇女。ご存じのとおり、フロベール、
サント＝ブーヴ、デュマの友だちで、なんと、
ナポレオン1世の姪だよ

ナポレオン3世とロシア皇帝に
求婚されたんだ。すごいだろう？

少しお話ししてみたまえ。
1時間も立ち話というのは
困るがね

…テーヌに会って聞きましたが、
彼は妃殿下と仲違いしたとか

豚のように汚い
振る舞いでした

…豚という言葉をジャンヌ・
ダルクの時代の司教の名前
のように発音した。

テーヌがナポレオン皇帝に
ついて評論を書いたあと、
私は PPC と記した名刺を
置いてきましたよ

私がスワンに、ミュッセを知っていたか尋ねてほしいと耳打ちすると…

ほとんど知りませんでした。一度晩餐に呼びましたが

7時に招待したのに、7時半になっても来ないので、私たちは食事を始めました

8時に来て、私に挨拶をして

席に座り、ひと言も口をきかず、晩餐が済むと帰りましたが、声も聞きませんでした

泥酔していたんです

もう一度招待する気にはなりませんでしたね

このおしゃべりが長引かないでほしいな。足の裏が痛くてね

妻がどうして話を弾ませるのか分からない。あとで疲れたと愚痴をこぼすのは妻なんだし、私のほうはもうこの立ったままには我慢できないよ

実際、スワン夫人はボンタン夫人から得た情報を基に、皇女にむかって、政府もついに自分たちの無作法さに気づいて、明後日にロシア皇帝ニコライ2世がアンヴァリッドを訪問する際、皇女が特別席に来てくれるよう招待状を送ることに決めたという話をしていた。

しかし、皇女は見かけとは異なり、とり巻きが主に芸術家や文人からなるにもかかわらず、行動しなければならないときには、つねにナポレオンの姪でありつづけた。

ええ、招待状は今朝受けとりましたが、大臣に送り返したので、今ごろはもう着いているはずです

アンヴァリッドに行くのに招待状なんかいらないと言ってやりました

政府が私に来てほしいなら、特別席ではなく、ナポレオン皇帝の墓のある私たち一家の地下納骨堂に参ります

そのために招待状はいりません、鍵がありますから。勝手に入りますよ。政府はただ私に来てほしいかどうかを知らせればいいんです。でも、行くとしたらお墓だけ、ほかには行きません

そのとき、若い男がスワン夫人と私に挨拶し、足も止めずにこんにちはと言った。この男が夫人の知人がどうか知らなかったが、ブロックだった。

それに、夫人はたびたび彼に会ったわけではないだろう。彼のことをモルールさんと言ったからだ。

スワン夫人は、ボンタン夫人に紹介された人で、大臣官房の補佐官をしていると言ったが、私はそんなことは知らなかった。

私は、それは勘違いで、彼の名前はブロックですと断言した。

皇女は後ろに広がっていた引き裾をもち
上げ直し、スワン夫人はそれをうっとりと
眺めていた。

そうそう、これはロシア皇帝が送ってくれた毛皮で、
先ほどお会いしに行ったおりに、コートに仕立てたのを
お見せしようと着たのです

ルイ親王がロシアの軍隊に志願された
とか。遠くにいらっしゃると皇女様は
お寂しいですわね

どうしてもそうしたいと言って！

「一家に軍人が一人いるからって、それは
理由にならない」と言ってやったのですが

いきなりナポレオンⅠ世を引きあいに出して、
打ちとけた態度を示したが…

スワンはもうじっとしていられなかった。

奥様、私も親王殿下にあやかりまして、おいとまを申し
あげたいと思います。妻がこのところひどく加減が悪かった
ので、これ以上立ったままでいさせたくないのです

今週中に妃殿下のお宅に伺って、あなたの名前を記帳してこなくては。英国人が
「ロイヤルティーズ」と呼ぶ皇族にたいしては、名刺の隅を折ってはだめよ

記帳しておけば、
いつかお招きがあるわ

動物園や音楽会に一緒に連れていってくれるよりいっそう貴重な恩恵は、スワン一家が私をベルゴットとの親交に加えてくれたことで、それは私がジルベルトと知りあう前からスワン一家に見出していた魅力の源泉だった。当時、私はジルベルトから軽蔑されていると思っていたので、いつか彼女がベルゴットの好きな町を一緒に訪ねるとき、私も連れていってくれるとは考えもしなかったが、もしそんな望みをもてたら、彼女はあの神のような老人と親しいことで、私にとって最も熱情をかき立てる女友だちになっていただろう。

だが、ある日、スワン夫人が私を盛大な昼食会に招いてくれた。

私は会食者がどんな人々か知らなかった。

到着したとき、私はある出来事で狼狽し、怖気づいてしまった。給仕頭が、私の名前の書かれた封筒を渡してきたのだ。

外国人が中華料理の晩餐会で会食者に渡される小さな道具をどうしてよいか分からないのと同じで、この封筒をどうすればいいか分からない。見ると封がしてあるので、すぐに開けるのは無作法になると恐れて、わけ知り顔でポケットにしまった。

客は16人いて、そのなかにベルゴットがいるとはまったく知らなかった。

突然、スワン夫人が白髪のやさしき「詩人」の名を呼んだ。

ベルゴットさんよ

このベルゴットの名は、拳銃の銃声のように私をどきりとさせたが、

本能的に平静さを装って、私は挨拶をした。

私の前では、まだ若く、無骨で、背が低く、がっしりして、近眼で、カタツムリの殻のような形の赤鼻の、黒いヤギ髭を生やした男が、挨拶を返していた。

私は死ぬほど悲しかった。なぜなら、あの物憂げな老作家が跡形もなく消えただけでなく、

いま目の前にいる鼻の低い黒いヤギ髭の男の、血管と骨と神経節だらけのずんぐりした肉体には、その美を収める余地はまったくなかった。

壮大な作品の美もまた灰燼（かいじん）に帰してしまったからだ。

だが、私があれほど愛した何冊もの本を書いたのは、たぶんこの男らしかった。

私はその作品の美を、特別な寺院を建立して収めるように、衰えたとはいえ神聖な有機体のなかに収めていたのだが、

というのも、スワン夫人がそのうちの1冊が私の愛読書だと言う必要があると思ってそう告げると、男はそれを人違いとは思っていない様子だったからだ。しかし、自分の本のことを思いだして微笑んだときも、自分の前世の遠い昔の出来事を思いだしただけであるかのようだった。

それで私はこう考えた。独創性とは、偉大な作家がそれぞれ自分だけの王国を支配する神々だということの証明であるのか、それとも、独創性などつねに多少のまやかしであり、作品相互の違いは、様々な人格相互の根本的な本質の違いの表われというより、単に仕事の出来不出来にすぎないのではないか、と。

そうこうするうち、みんな食卓についた。

私の皿の脇にカーネーションがあり…

男の会食者全員が同じようなカーネーションを取って、フロックコートのボタン穴に差すのを見た。

私も当然のように彼らの真似をしたが、それは、教会に入った無神論者が、ミサのことが分からないので、みんなが立てば自分も立ち、みんながひざまずけば少し遅れて自分もひざまずくようなものだった。

もう一つ扱いの分からないものがあって、さらに不愉快になった。私の皿の向こうにもっと小さい皿があり、黒っぽいものが山盛りになっていたが、それがキャビアだとは知らなかった。どうしたらいいのか見当もつかず、食べまいと決心した。

66

ベルゴットの席は私から遠くなかったので、彼の言葉はすべて聞こえてきた。そして私はノルポワ氏の受けた印象を理解できた。実際、ベルゴットは奇妙な声をしていた。

自分の考えを抑えこむことほど、声の音響的特徴を歪めるものはない。二重母音の音調や唇音の強さが影響を受けるのだ。口調も同じである。彼の口調は彼の文体とはまるで違っていて、彼が語る事柄さえも、彼の作品に出てくる事柄とはかけ離れているように思われた。

彼が語ることは、ベルゴットらしくなかった。多くの時評家が模倣した「ベルゴット調」には見られない、明確な観念を豊かにくり広げていたのだ。

この違いはおそらく、平凡な模倣者の誰かが書くような文章は、人が読むベルゴットの1ページとはまったく異なるという事実の、もう一つ別の側面なのだ。模倣者は自分の文章を「ベルゴット風」のイメージや思考で飾りたてているにすぎない。

だが、「ベルゴット的なもの」とは、何よりもまず、あるものの核心に隠されている何か貴重な真実の要素であり、それは彼の天才によって発掘されるのだ。やさしき「詩人」の目的はこの発掘であって、ベルゴットらしさを作りだすことではない。

彼の書物には、彼の会話以上の抑揚があり、響きがある。彼の書くしばしばまったく無意味な言葉に律動を与えるのは、この響きなのだ。この響きは、作家の一番はかない特質だが、最も深い特質でもある。

ベルゴットの会話には、かすかな痕跡という形で、いくつかの特徴的な話し方が見られたが、それは彼だけに固有のものではなかった。

「巨匠」の子供時代を知るスワンは、当時ベルゴットから、彼の兄弟や姉妹と同じように、いわば家族の特徴としてそうした話し方が聞かれたと教えてくれた。

人から洩れるこうした声の響きはすべて、それがどれほど特殊なものであろうと、はかなく消えて、人より長く残ることはない。

だが、ベルゴット家の発声法は例外だった。

ベルゴットは言葉を引きのばすそのやり方を自分の散文に移植し、定着させたからだ。彼の本のなかでは、文章の終わりで、音の響きが積み重なり、長引かされるところがある。それはオペラの序曲の和音がなかなか終わらないようなもので、私はあとになって、そうした文章に、ベルゴット一家の発声法の金管楽器に似た特質の音楽的等価物を見出した。

だが、ベルゴットはそれを著作に移植してから、無意識のうちに自分の会話では使うのをやめてしまった。

本を書きはじめた日以来、彼の声がその発声法を堂々と響かせることは永遠になくなったのだ。

これらベルゴット家の若者は

とくに優れていたわけではない。ほかのもっと繊細で才気あふれる若者たちは、ベルゴット家の者をかなり騒々しく、その上いささか俗物だと見なしていた。

だが、天才はもちろん、立派な才能も、他人より優れた知的要素に由来するというより、そうした要素を変形し、移植する能力から生まれるのだ。

天才的な作品を作りだす人々は、最も洗練された環境に暮らして、最も才気豊かな話術と最も広範な教養を示す人ではなく、自分のために生きることを突然やめて、自分の人格を鏡に似たものに変える能力をもつ人だ。天才とは、何かを映しだす能力であって、映しだされた光景の内在的な特質のなかにあるわけではないのだ。

若きベルゴットが、少年時代を送った悪趣味なサロンと、兄弟と交わした面白くもない雑談を読者たちにむけて記した日、まさにその日に、彼は、自分以上に才気に富み洗練された家族の友人たちよりも、もっと高いところに上ったのだった。

そうした友人は美しいロールスロイスで家に帰り、

ベルゴット一家の俗物性をいささか軽蔑するかもしれないが、

ベルゴットのほうは、ついにたった今「離陸」した地味な機体に乗って、友人たちの上空を飛翔しているのだ。

ベルゴットは、自分の著作に人から讃辞を受けると、

まあ、本当のことだし、正確で、役に立つかもしれません

女性が謙遜から、

ドレスや娘が素晴らしいと褒められて、こう言うのと同じだった。ドレスは、

着やすいんですよ

娘は、

気立てのいい子なんです

ただ、何年ものち、もう才能が枯渇して、満足できないものを書くたび、本来なら捨て去るべき文章について、彼はくり返しこう言うようになった。

ともかく、まあ正確だし、わが国にとって無益ではない

そして、ベルゴットの初期の作品の価値にとっては余計な言い訳だったその言葉が、後期の作品の凡庸さにとっては役に立たない慰めになっていた。

ジルベルトの両親の家で初めてベルゴットに会った日、私は彼に、最近『フェードル』を演じるラ・ベルマを見たと語った。ベルゴットは、ラ・ベルマが肩の高さに片腕を上げている場面で、きわめて高貴な演技によって、古代美術の傑作の数々を思いおこさせたと語った。彼女自身はそうした傑作をたぶん一度も見たことがないだろうが、と。

直観で分かるのかな

美術館にも行くとは思うが

その「目星がつく」と面白いだろうね

あの女像柱のことをお考えで？

いやいや、フェードルがエノーヌに自分の恋のことを告白し、ケラメイコスの墓碑に刻まれたヘゲソのように手を動かす場面を別にすれば、彼女が甦らせるのは、もっとはるかに古い芸術ですよ

私が言うのは古代エレクテイオンのコレーのことで、ラシーヌの芸術からあれほど遠いものたぶんないとは認めるが、『フェードル』のなかにはもうたくさんのものが入っているから…もう一つ加わっても…

そうだ！　まだあった、6世紀の可愛いフェードルはじつに素晴らしい。片腕をまっすぐに垂らし、巻き毛は「大理石さながら」

そう、いずれにせよ、それらすべてを見出したとは、ほんとに大したものだ

70

スワン夫人が会話に入ろうとして、私にむかって、ベルゴット
が『フェードル』について書いた文章をジルベルトは私に渡
すのを忘れなかったかと尋ねてきた。

すごくそそっかしい娘なので

ベルゴットは謙遜の笑みを浮かべ、あれはつまらない
文章だと言い返した。

いえ、とても素敵な佳作ですわ、
あの小冊子は

私はついその気になって自分の印象を語っていた。ベルゴットは何度もそうでは
ないと思ったらしいが、私の話をさえぎらなかった。

私は彼に、フェードルが片腕を上げるときの緑の
照明がよかったと言った。

ほう！　舞台美術家がとても喜ぶよ。
立派な芸術家でね。あの照明をひどく
自慢していたから、君の言葉を伝えよう

じつは私はあれがあまり気に入らなかった。
すべてが緑色の仕掛けに沈んだみたいで

あのなかでは可愛いフェードルも
水槽の底のサンゴの枝にそっくりだ

君はあの劇の宇宙的側面が浮かび
あがったと言うかもしれない

たしかにそうだ

ただ、あれは海神ネブチューンの宮殿が舞台の芝居のほうがふさわしかっただろうね。
要するに、ともかくラシーヌが語ったのはウニたちの恋愛じゃないんだから

だが、それが結局私の友人の狙いだし、いずれにせよすごく強烈で、
たしかにかなり美しい。そう、君があれを好きだというのは、
理解したということだ。要するに、その点について君と私の考えは
同じだ。ちょっとやり過ぎじゃないかとも思うが、
でも、すごく頭のいいやり方であるのは事実だ

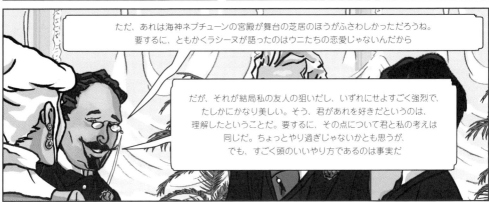

71

ベルゴットは、ノルポワ氏だったらそうしたはずだが、私を何も答えられないように沈黙に追いつめるようなことはまったくしなかった。

それは、ベルゴットの意見が元大使の意見より説得力がないからではない。むしろその逆だ。

強力な考えは、それに反対する人にもいくらか力を分け与えるのだ。それゆえ、最終的な判定は、議論する二人の人間のいわば合作になる。

ノルポワ氏の（芸術に関する）議論に反駁（はんばく）の余地がなかったのは、それが空理空論だったからだ。

ベルゴットが私の反論を退けなかったので、私は、自分の考えがノルポワ氏にばかにされたと打ち明けた。

だが、あれは間抜けな老いぼれカナリアだ。自分の目の前にあるのがいつでもお菓子かイカだと思っているので、君を突っついたんだよ

おや！　ノルポワをご存じですか？

ほんと！　うんざりするほど退屈な人ね

夕食のあとでお話ししようと思ったら、お年のせいか消化不良のせいか、ぼんやりなさっていて、競走馬みたいに興奮剤が必要かと思ったくらい！

そうでしょう。あの男は、パーティが終わる前にばか話がネタ切れにならないように、いつも一生懸命口をつぐんでいるんです。ばか話が胸に詰まっているので、シャツの前はピンと張り、白いベストもずり落ちないんだが

ベルゴットさんも妻も手厳しいな

ノルポワが君たちにはあまり面白くない人間だということは認めるよ

だが、別の観点からは、かなり興味深い。「愛人」としてそうとう変な男なんだよ

ローマ大使館で書記官だったとき…

…ノルボワが夢中になっている情婦がパリにいて、その情婦に2時間会うために、週に2回パリへ行く用事を見つけだしていたんだ

おまけに相手はすごく頭のいい女で、当時はうっとりするような美人、今では遺産をたっぷりもった老未亡人だ

しかも、その周にもほかにたくさんの情婦がいた。私だったら、愛する女がパリにいるのに、自分はローマに縛りつけられていたら、頭がおかしくなっただろう。神経質な人間はいつでも、庶民の言う「自分以下の女」を愛さなければならないんだよ。そんな女を愛するなら、向こうも欲得ずくなので、思いのままにできるからね

その瞬間スワンは、自分のこの行動指針を、私がスワンとオデットの関係に当てはめるだろうと気づいた。そして、たとえ立派な人間であっても、自尊心は狭量さを抜けだすことができないので、スワンは私に対してひどく不機嫌な顔をしたのだった。しかし、スワンは一瞬苛立ちを見せたあと、以下のような言葉で自分の考えを補足した。この言葉は私の記憶のなかでのちに予言的警告という意味をもつことになるが、当時の私はそのことに気づかなかった。

だがね、この種の恋愛には危険もあるんだ。女の服従はひととき男の嫉妬を鎮めはするが、そのせいで嫉妬はさらに多くのことを要求するようになる。

情婦をさらに厳しく監視するために、夜も昼も灯りを点けたままの囚人のような生活をさせることにもなる。そして、たいていの場合、それは悲劇に終わるのさ

その間、ジルベルトはもう2度も外出の支度をしろと言われたのに、残って私たちの話を聞いていた。

さあ、早く行って。また私たちを
待たせるんだから

パパのそばにいると、
とってもいい気持ちで、
もうちょっとこうしていたいの

スワンは長いこと愛の幻影のなかで暮らし、多くの女に
安楽な生活を与え、それが彼女らの幸福を増大させな
がら、自分にはなんの感謝も愛情も向けられないのを見
てきた男の一人だった。だが、そんな男たちも子供には
愛されていると感じ、その愛が自分と子供の同じ名前に
宿されて、自分たちを死後も存続させてくれるだろうと考
える。シャルル・スワンがいなくなっても、まだスワン嬢
が、あるいは、旧姓スワンのX夫人が生き残って、死ん
だ父親を愛しつづけてくれるのだ。

お前はいい子だよ

それからベルゴットはほかの人たち、とくにジルベルトに
話しかけた。

うれしくてたまらないわ、あなたは私の
大事な友だちのベルゴットの心を
つかんだんだから

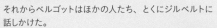

私は自分がベルゴットに与えたはずの印象がひどく気に
なった。

彼がママに言ったそうよ、あなたは
ものすごく頭がいいって

ベルゴットは私の両親と同じ界隈に住んでいたので、私たちは一緒の馬車でスワンの家を出た。

あの友人たちの話では、君は体が悪いとか。気の毒だと思う

だが、そうだとしても、じつは気の毒とは思わないんだ。君は知性の喜びを知っているにちがいないとよく分かるから。そして、それが君にとってはたぶん何よりも大事なことなんだ。知性の喜びを知っている人はみんなそうだ

残念ながら、彼が言ったことは私にはまったく真実ではなかった。私はただぶらぶら散歩するときに幸せだと思うだけで、知性なんかなくてもぜんぜん平気だった。

私が好む生活は、ゲルマント公爵夫人と親しくしたり、シャンゼリゼ公園の旧入市税関事務所のような、しばしばコンブレーを思いださせる冷気を感じられるような生活だった。だが、こんな生活の理想はベルゴットに打ち明けることができなかった。そこに知性の喜びの占める場所はまったくなかったからだ。

いいえ、知性の喜びは僕にとって本当にどうでもいいものなんです。それは僕の求めているものではないし、今まで一度でもそれを味わえたことがあるのか分かりません

本当にそう思うのかね？　ふーん、だがね、いや、君が一番好きなのはそれにちがいない。私はそう思うね、そう信じているんだよ

ベルゴットの言葉に私は納得しなかった。だが、私は前より幸福になり、気が楽になっていた。

とくに彼のノルポワについての評言は、私が控訴不能だと思った最終判決の圧力を大いに軽減してくれた。

ちゃんと治療を受けているかね？

かかりつけの医者は誰だい？

私は、コタールに診てもらい、今後も診てもらうだろうと答えた。

それは大間違いだ！　医者としては知らないよ。
だが、スワン夫人の家で会った。あれは単なるばかだ

それでもいい医者になれるのかもしれんが、
そうは思えないな。芸術家や頭のいい人に対しては、
いい医者になるのは無理だ

コタールは君をうんざりさせるだろう。
うんざりしただけで治療は効果を失ってしまう

それに、この治療が君にとって、どこかの
誰かのための治療と同じでいいはずがない

知的な人間の病気の4分の3は、その人の知性から
来ている。そういう人には、どうしたってこの病気の
ことが分かっている医者が必要なんだ

コタールなんかに君の治療ができるはずがない。
彼はソースの消化不良や胃の不調の診断はできた
だろうが、君がシェイクスピアを読んだせいだとは
考えもしなかっただろう…

むしろ私はデュ・ブルボン博士を薦めるね。
すごく頭のいい人だ

あなたの本の大ファンですよね

そのことはベルゴットも承知のはずだと分かったので、
似た者同士はすぐに結びつくもので、「見ず知らずの
友人」などめったにいない、と私は結論した。

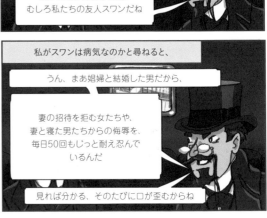

良い医者が必要なのは、
むしろ私たちの友人スワンだね

私がスワンは病気なのかと尋ねると、

うん、まあ娼婦と結婚した男だから、

妻の招待を拒む女たちや、
妻と寝た男たちからの侮辱を、
毎日50回もじっと耐え忍んで
いるんだ

見れば分かる、そのたびに口が歪むからね

ベルゴットが、ずいぶん昔から家に招待してくれる友人について初対面の人間にこんなに悪く語ることは、彼がスワン家でいつも家の人たちに話すときのほとんど愛情深い口調とともに、私にとって新しい発見だった。

…今のはここだけの話だよ

数年後なら私はこう答えただろう。

決して他言はしません

これは社交界の人間の決まり文句で、悪口を言った人間はそれで毎度空しい安心を得るのだ。

私の大伯母だったらこう言っただろう。

他人に言われたくないなら、どうして私に言うんです？

これは非社交的な人々、「石頭」の返事である。私は石頭ではないので、黙って頷いた。

私にとっては著名人に見える文学者たちでも、ベルゴットと親交を結ぶには何年も手を尽くさねばならなかったのに、私は今この大作家の友人の一人に落ち着いたのだ。

スワンが私にしてくれたこの親切を、私は両親に告げたが、残念ながらいい反応は得られなかった。

スワンがお前をベルゴットに紹介した？こりゃまたご立派な知りあいだ、大したお付きあいじゃないか！

こんなことになるとはな！

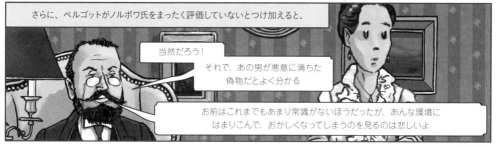

さらに、ベルゴットがノルポワ氏をまったく評価していないとつけ加えると、

当然だろう！

それで、あの男が悪意に満ちた偽物だとよく分かる

お前はこれまでもあまり常識がないほうだったが、あんな環境にはまりこんで、おかしくなってしまうのを見るのは悲しいよ

父と母の考えはあまりに不当だったので、二人をもっと公平な見方にひき戻せる望みはなかったし、そうしたいとも ほとんど思わなかった。しかし両親は、頭のいい人間をばかだと見なすあの作家に私が気に入られたと思えばひど く心配するだろうと感じたので、私は声をひそめて、少し恥ずかしそうに、話の最後にとっておきの言葉を投げた。

ベルゴットはスワン家の人に、 僕はものすごく頭がいいと 思うと言ったんだ

毒に当たった犬が知らずに飛びこんだ野原の草が、まさに呑みこんだ毒の解毒剤だった かのように、そんなこととは知らずに私がたった今口にしたのは、ベルゴットに対する両 親の偏見をうち破れるこの世で唯一の言葉だった。

その瞬間、状況は一変した。

まあ！…彼は、お前は 頭がいいと思うって 言ったの？

うれしいわ、だって才能がある人だもの

何だって！　そう言ったのか？…彼の文学的価値は まったく否定しないよ。みんなが敬服しているんだ。 ただ、ノルポワ親父が遠回しに言ったように、 けしからん生活を送っているのは残念だ

まあ、あなた！　それが本当だという証拠は何も ありませんよ。それに、ノルポワさんはいつも好意的と いうわけじゃないわ。とくに自分と考えの違う人には

そうだな、私も気がついていたよ

それにベルゴットさんは色々大目に見て あげなくては。この子をいい子だと 言ってくれたんだから

両親から離れて、私は服を着替えに行き、ポケットのなかのものを出すと、スワン家の給仕頭からサロンに入る前に渡さ れた封筒が出てきた。開けると、なかにはカードが入っていて、そこには食卓に向かうとき私が腕を貸すべき婦人の名前 が書いてあった。

ちょうど同じころ、ブロックが私に、女というものは何より愛の営みをしたがっているのだと断言して、私の世界観をひっくり返し、私にとって新たな幸福の可能性を開いてくれた（もっとも、これはのちに苦痛の可能性に変わってしまうのだが）。

ブロックはこの手助けに第2の手助けを加えて完全なものにした。つまり、私を初めて娼家に連れていってくれたのは、彼だった。

だが、ブロックが連れていってくれたのは、あまりに下級の娼家で、女たちはあまりに魅力がなく、ほとんどいつも同じ顔ぶれだった。この家の女主人は客の欲しがるような女がまったく分からず、いつでも願い下げにしたくなるような女を薦めてきた。

とくにご自慢の女が一人いて、女主人は、お楽しみは保証つきといった薄笑いを浮かべながら（それが珍しいご馳走でもあるかのように）こう言った。

ユダヤ女よ！　そそるでしょ？

（ユダヤ女だからだろう、女主人は彼女をラシェルと呼んでいた）

そして、ばかげた興奮状態を装って、

ねえ、あなた、ユダヤ女、すごくいいわよ！　うふん！

このラシェルを私はこっそりと眺めたが、浅黒い肌、褐色の髪で、美しくもなく、紹介される客たちにかなり無礼な感じの笑みを浮かべていた。

女主人はラシェルの知性と教養が大したものだと自慢し、ひどくしつこく彼女を薦めてきたが、そのたびに私はいつか必ず彼女と知りあいになるために来るからと約束し、彼女をこう仇名で呼んだ、

「主のラシェル」と。

女主人はアレヴィのオペラを知らなかったので、なぜ私がいつも「主のラシェル」と呼ぶのか分からなかった。しかし、意味は分からなくてもその冗談は面白いと思ったらしく、毎回大笑いしながら、私にこう言った。

じゃあ、あなたを「主のラシェル」と一緒にしてあげるのは今夜もおあずけ？　なんで「主のラシェル」なんて言うんでしょ！　でもほんと！　ぴったりよ。すぐにあなたたちを一緒にさせるからね。後悔はしないと思うわよ

一度は私も決心を固めたのだが、そのとき彼女は「おつとめ中」だったし、別のときには「美容師」に捕まっていた。「美容師」は老いた男で、女のほどいた髪に油を垂らし、それから櫛で梳かす以外には何もしない。それで私は待ちくたびれてしまった。

私はこの家に行くのもやめた。理由は、経営者の女主人が家具を必要としていたので、彼女に好意を見せようとして、レオニー叔母から相続した家具のいくつか——とくに大きなソファ——をやってしまったことだ。

ところが、家具がその家に置かれ、女たちに使われるのを見た瞬間から、コンブレーの叔母の部屋で空気のように吸いこんでいたあらゆる美徳が私の前に出現し、私のせいで残酷に扱われて抵抗もできず、責め苛まれていた。死んだ女を凌辱させたとしても、これほどつらい思いはしなかっただろう。

私は二度とこの取り持ち女のところへは戻らなかった。

私はレオニー叔母の残りの家具、とくに見事な古い銀器を、両親の反対にもかかわらずすべて売りはらったが、それはスワン夫人にもっと多くの花を贈るためだった。

もし私があなたのお父様だったら、あなたを後見人に監視させるわ

どうして私に想像できただろうか？　いつか私がその銀器を惜しくなり、ジルベルトの両親に礼を尽くす喜びがまったく無意味になって、ほかの喜びのほうが大事になる日が来ることを。

同様に、大使館に勤めないと決めたのも、ジルベルトのため、彼女から離れないためだった。

人がとり返しのつかない決断をするのは、一時的な精神状態のせいにすぎない。

私の両親は、ベルゴットに認められた私の知性が何か目覚ましい仕事で表に出ることを願っていただろう。

まだスワン夫妻と知りあいでないころ、私は自由にジルベルトに会えないために仕事ができないのだと思っていた。
しかし、スワン家の扉が私に開かれたいま、私は仕事机に座ったかと思うと、立ちあがって、彼らのもとに駆けつけるのだった。
そして、いったん家に帰り、一人になっても、相変わらずスワン家の人々を喜ばせられるような言葉をひねり出して、

そこにいない相手を自分で演じ、自分自身に架空の質問を発するのだが、

その質問は、私の機知に富んだ言葉がそれへの絶妙な返答になるように仕組まれたものだった。

絶対に仕事を始めるのだという決意がもっと弱かったら、むしろすんなり仕事を始めようとしたかもしれない。

だが、決意は固まっていたし、24時間以内に私の精神状態もたやすく整うはずだったので、あまり気乗りのしない今夜を選んで始めるべきではなかった。明後日にはもう数ページは書けているだろうと確信しているので、自分の決意について両親にはひと言もいわなかった。数時間我慢して黙っていようと思ったのだ。

弾みをつけるには数日のんびりする必要があったが、一度だけ祖母は、やさしいが失望した口調であえて非難の言葉を口にした。

おやおや、あの仕事の話はもうなくなったの？

この不当な非難で私は苛立ち、そのせいでまた仕事の開始がひき延ばされたと思いこみ、祖母を恨んだ。

祖母は自分が疑いを抱いたことで、後先も考えず一つの意志を傷つけてしまったと感じた。祖母はそのことを詫び、私にキスしてこう言った。

許して、もう何も言わないから

そして、私のやる気を挫かないように、健康になる日が来れば、同時に仕事も自然にできると請けあった。

それに、スワン家で人生の時を送る
ことによって、僕はベルゴットと同じ
ことをしているのではないか？

両親にとっては、私が怠惰であろうとも、大作家と同じサロンに
いるのだから、才能にとって最も好ましい生活を送っていると見
えたかもしれない。

だが、才能を自分で作りださず、他人から受けとろうというの
は、不可能なことだ。医者と一緒によく外で夕食をとるか
ら健康を保てる、と思うのと同じくらいありえない話なのだ。

もっとも、私も両親も欺（あざむ）かれたこの
幻想に、一番だまされていたのはス
ワン夫人だった。

私が、家で仕事をしなければならないのでお宅に伺えませんと言うと、彼女は、
私がもったいぶっていると考えて、私の言葉はいささか気どってばかげていると
いう顔を見せた。

でも、ベルゴットが来るのよ、
そうでしょ？　彼が書くものが
いいとは思わないの？

おいでなさい、彼が
誰よりうまくやり方を
教えてくれるわ

そして、ただの志願兵を連隊長と一緒に
招くように、私の将来のためを思って、

まるで傑作は「人脈」でできるとでも言わんばかりに、翌日のベルゴット
が参加する晩餐会にはかならず来るようにと私に命令した。

スワン夫妻も私の両親も、それぞれ違う時期に、私のジルベルトとの交際を阻まねばならぬと思ったらしいが、こうして今や、この甘い生活にはどちらからもなんの反対もなくなり、私は思いのままにジルベルトと会うことができた。

私は幸せで、もはやこの幸福を脅かすものは何もなかった。ところが、その脅威はいかなる危険もないと思っていた方角から、つまりジルベルトと私自身のほうからやって来ることになった。

ジルベルトが私の訪問の間隔をあけたがっていることは何度も感じた。

　ジルベルトに会いたくてたまらないときは両親に招待してもらえばいいのだし、彼らは私が娘に良い影響を与えているとますます信じるようになっていた。

彼らのおかげで、
僕の恋は安全だ

だが残念ながら、父親がいわば娘の意に反して私を招くとき、ジルベルトは苛立ちの様子を見せたので、

私の幸福を守ると見えたものは、逆に、幸福を長続きさせない密かな原因になるのではないかと私は考えた。

最後にジルベルトに会いに行ったとき、彼女はダンスのレッスンに招かれていて、その家の人をよく知らないので、私を連れてはいけないと言った。

娘が出かけようとすると、
スワン夫人は、

ひどくきつい口調で娘を呼びとめた。

ジルベルト！

私が会いに来ているのだから一緒にいなさいという意味で、私を差し示した。

ジルベルトが外出用の服を脱いで肩をすくめたとき、私は理解した。私から彼女を徐々にひき離す事態の変化は、このときまでならまだ止めることができたかもしれないが、今や母親がその変化をうっかり促進させていたのだ。

毎日ダンスに行く必要はないわ

その日、心ならずも私のせいで遊びに行けなくなったため、たぶん私を恨んで、

ジルベルトの顔は一切の喜びを消し、飾り気を捨て、すさんだものになって、午後のあいだずっと、私のためにパ・ド・カトルを踊りに行けなくなったことへの暗鬱な悔しさを抱えているように見えた。

彼女は私と、その日の天気や時計が進んでいることについて言葉を交わすだけで、会話は沈黙で途切れ、私自身も腹立ちまぎれに意固地になってしまい、友情と幸福のために使えたはずの時間を台なしにした。

結局、何時間待ってもジルベルトの側からは幸福な変化が生まれないと分かったので、私は、君はやさしくないと言った。

やさしくないのはあなたよ

違う!

私は自分が何をしたのかと考え、思いあたらないので、その疑問を彼女に投げた。

やっぱり、自分がやさしいと思ってるんでしょ!

でも、なぜ僕がやさしくないか教えてくれよ、君の言うとおりにするから

だめ、何の役にも立たないわ、うまく説明できないの

僕の苦しみがどれほどか分かったら、君も教えてくれるんだろうけど

本当にあなたが好きだったの、いつの日か分かるわ

（罪人はいつの日か自分の無実が分かるというが、その日が来ても、なぜか知らないが、罪人の尋問は行なわれないものなのだ）

それで私は自分の誤りに気づき、もう彼女の言葉は無視しようと決め、勇気を奮って二度と彼女には会わないと決心したが、それをまだ彼女には言わなかった。言っても信じてもらえなかっただろうからだ。

私は打撃を受け、傷ついて家に戻ったが、何か口実を作ってジルベルトのそばに戻らなければ、息を吹きかえせないと感じた。だが、そうしたら彼女はこう考えるだろう。

また彼だわ！ まったくどんなことをされても、

私から離れて惨めになればなるほど、毎回もっと従順になって戻ってくるんだから

こうして心の羅針盤は狂ったように方向を変えつづけ、その動揺は私がジルベルトに書く何通もの矛盾した下書きに映しだされた。

翌日、私はスワン家へ行くことを決心した。だが、この友愛の回復もスワン家へ行くまでのあいだしか続かなかった。給仕頭からジルベルトは外出していると言われたからではなく、そう告げる彼の口調のせいだった。

お嬢様は外出中です。誓って申しますが、嘘ではありません

確認なさりたければ、小間使を呼んでまいります

ご存じのように、喜んでいただけることなら何でもしますし、お嬢様が在宅でしたら、すぐにそこへお連れするのですが

こうした言葉から、ジルベルトの周囲の人々は、彼女が私をうるさがっているらしいと察しているのが分かった。また、私はしばらくのあいだジルベルトに会おうとしてはならないことも教えられた。

彼女はきっと手紙で謝ってくるだろう。だが、私はすぐには会いに行かない。

安心できるという希望をいつも翌朝に延ばさねばならず、そうして、この苦しみは続かないと信じていたために、かえってその苦しみをいわばたえず更新することを強いられたのだ。

その日の夕方はジルベルトの手紙が来なかったので、翌朝の郵便で届くだろうと疑わなかった。毎日、私は郵便を待った。

私の心は、この苦しみを受けいれられず、それがやむのを相変わらず願っていた。

しかし、ついに苦しみを受けいれたそのとき、これでおしまいだと悟り、自分の愛を大事にするため、ジルベルトをきっぱりと諦めた。

それでも、私はあらかじめジルベルトが両親の家にいないと分かっているときは、いつもスワン夫人に会いに行った。こうすればジルベルトの様子を聞けるし、あとから彼女も私の様子を聞けるだろう。そうして、私が彼女に執着していないことも伝わるはずだ。

のちになってジルベルトの私への気持ちが再燃し、私もようやく彼女に心をうちあけることができるようになったとき、私の彼女への気持ちはあまりに長い不在に耐えきれず、もう消えているだろう。ジルベルトは私にとってどうでもいい女になっているのだ。

いつかきっとジルベルトが送ってくる手紙の文句を、私はいったい何度自分で暗唱したことだろう。この想像上の幸福をたえず思い描くことが、現実の幸福の崩壊に耐えることに役立った。

そうだと分かっていたが、彼女には言えなかった。彼女はそれが、自分のところに今すぐ戻ってちょうだいと言わせるための私の策略だと思うだろうからだ。

スワン夫人はずいぶん以前から、私と自分の娘が仲違いするずっと前から、こう言っていた。

そのため、かつてスワン夫人がそう言い表わした望みに、私はずいぶんあとになってようやく従っているように見えただろう。

ジルベルトに会いに来てくれるのは

とてもうれしいけれど、時々は私のためにも来てほしいわ

10月の末からオデットは、そのころまだ「ファイヴ・オクロック・ティー」と呼ばれていたお茶の時間に、できる限り正確に帰宅するようになった。ヴァルデュラン夫人がサロンを開いたのは、みんながいつも同じ時間に自宅で自分に会えるようにするためだと聞いたからだ。

オデットは自分が同じような、しかしもっと自由なサロンを開く姿を思いえがいていた。つまり、自分がいわばレスピナス嬢で、デュ・デファン夫人の少人数の一派から一番感じのいい男たちを奪って、対抗するサロンを開いたのだと思っていた。なかでもスワンはオデットが独立するのに付いてきたというわけだ。

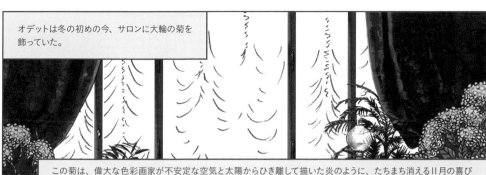

オデットは冬の初めの今、サロンに大輪の菊を飾っていた。

この菊は、偉大な色彩画家が不安定な空気と太陽からひき離して描いた炎のように、たちまち消える11月の喜びをせめてこのお茶のひと時だけでも貪るように味わってほしいと私に誘いかけ、その喜びの親密で神秘的な輝きを私のそばで燃えあがらせた。

だが、私の聞いている会話のなかで、その輝きを楽しむことは不可能だった。そんな輝きとは似ても似つかぬ会話だったからだ。

…だめ、遅くないわ、時計なんか見ないで、まだ時間じゃないわ、時計の調子が悪いの。何をそんなに急ぐ必要があるの！

このお宅からは誰も帰れないわよ

コタール夫人は、自分自身の気持ちが人からそう言われたのを聞いて、大声で賛同する。

いつも私もそう思っているの、大した考えじゃないけれど、この心の奥で！

そうは思えないわね、水曜日を3回連続ですっぽかされたもの

たしかに。オデットに会うのはもう何世紀ぶり、何千年ぶりね。

でも、つまらない災難がたくさんあったの。みんなそれぞれ災難を抱えていると思うけれど

それと、わが家の男の使用人に異変があったの。人より権威を振りまわすつもりはないけれど、ほかの者に示しがつかないので、料理長に暇を出すほかなかったわ。もっとも、うちより稼げる働き口を探していたらしいの

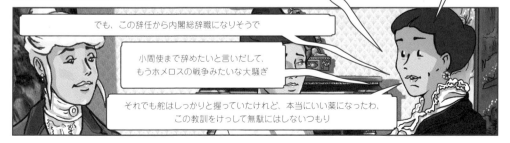

でも、この辞任から内閣総辞職になりそうで

小間使まで辞めたいと言いだして、もうホメロスの戦争みたいな大騒ぎ

それでも舵はしっかりと握っていたけれど、本当にいい薬になったわ、この教訓をけっして無駄にはしないつもり

こんな召使の話をして退屈でしょう。でも、ご存じのとおり、使用人の入れ替えをしなくちゃならないのは本当に面倒なことよ

あなたの素敵なお嬢さまはいないの？

ええ、素敵なお嬢様は友だちの家でお夕食よ

ジルベルトはあなたに、明日会いに来てって手紙を書いたのよね…

私はほっと息をついた。このスワン夫人の言葉は、私が望むときにジルベルトに会えることを示しており、これが私の求めてやって来た慰めであり、だからこそ、当時の私はスワン夫人と会うことがそんなにも必要だったのだ。

ボンタン夫人は、政治家の妻たちのせいでうんざりさせられるとこぼしていた。というのも、彼女はどんな人間も退屈で愚かだと見なし、自分の夫の地位を嘆いてみせるふりをしていたからだ。

それじゃあ、あなたは次から次へと、医者の奥さんを50人も招くことになるわね

うちは建設省でしょ、もちろん仕方がないわ

ほんと！　どうにもならないの。分かるでしょ、役人の妻たちを見るとあかんべえをしてやりたくなるわ

姪のアルベルチーヌも私と同じ態度よ。どんなに生意気なことか、あの子ったら

でも、あなたはいいわ、我慢できるから。自分の考えを隠せる人が羨ましい

でも隠す必要なんかないの。気難しい人間じゃないから

それに、うちの先生の役に立つことなら何でも喜んでするわ

でも、それができないとダメよね。私なんか、陸軍大臣の奥様がしかめっ面をするのを見ると、すぐに真似しちゃうの。こんな性格は自分でも嫌になるわ

きっと不愉快に思ってらっしゃるわね、あなたはいい方だから。でも、はっきり言って、ちょっとした意地悪ほど面白いものはないわ。それがなかったら、人生なんてほんとにつまらない

こうしてボンタン夫人は建設省がまるで神々の集うオリュンポス山であるかのようにずっと喋りつづけた。

オデット、アグリジャント大公が書斎に来て、君に挨拶したいと言っているんだが

何て返事をしたらいい？

もちろん喜んで

オデット、あなただけよ、こんなに美しい（belles）菊を飾るのは。それとも美しい（beaux）と言うべきかしら、今の言い方だったら

どこの花屋さん？

…ルメートル？

いえいえ、花屋はもっぱらドバックね

私も。でも正直に言うと、ときどきラショームと浮気するわ

あら、ラショームといい仲ってドバックに言うわよ

でも、ラショームはほんとに高くなりすぎ。あの値段は行きすぎよ。不当と言ってもいいわ！

聞きまして？ ヴェルデュラン夫人が最近買ったお邸は電気の照明が入るんですって。電気屋のミルデ本人がそう言ってたわ

それに今の女性は、何が何でも新しいものを欲しがるでしょう。私の友だちの義理の妹なんか家に電話を引いたのよ！

オデット、もう行きますわ。どうしても帰らないと。大変なことになるわ、主人のほうが先に帰宅したら！

私も帰らねばならなかった。スワン夫人は「閉店！」とでも告げるように、召使たちにお茶を下げさせた。

まあ、本当にお帰りになるの？じゃあ、グッド・バイ！

少なくとも私の目的は達成された。ジルベルトは、自分の留守に私が家に来たと知るだろう。

その年の元日はとくにつらかった。自分が不幸だと、特別な日付や記念日はすべてつらいものになる。

それに私の場合、元日になれば、それを口実に必ずジルベルトが手紙を書いてくるだろうという胸に秘めた望みが加わっていた。

Enfin, qu'y a-t-il ? ねえ、どうしたの？
Je suis folle de vous, venez, あなたに夢中なの、
que nous nous expliquions 来て、
franchement, je ne 素直に話しあいましょう。
peux pas vivre あなたに会えなければ、
sans vous voir . 生きていけないわ。

そんな手紙が来そうだと思われた。たぶん来るはずはなかったが、来ると信じるためには、その手紙を望み、必要とするだけで十分だったのだ。

人が誰かを愛しているとき、愛は愛する相手にむかって放射され、相手の表面にぶつかって遮られ、出発点に戻らざるをえなくなる。この跳ね返りを私たちは相手の感情だと称し、自分が放射したときよりもうっとりする。それが自分から発したものだと分からなくなっているのだ。

ジルベルトの手紙が来ないまま、元日の時は過ぎた。その後の数日、私は泣き暮らした。

何度私はジルベルトにこう手紙を書き、こう言いに行こうとしたことか。

Prenez garde, j'en ai pris 本気だよ、
la résolution, la démarche que je fais 決心したんだ、
est une démarche suprême. これは僕の最後の行動だ。
Je vous vois pour la dernière fois. これきり君には会わない。
Bientôt je ne vous まもなく君を愛さなくなるだろう！
aimerai plus !

だが何になる？

ジルベルトに話しても無駄だ。僕の言うことを聞かなかっただろう。

人が言葉にこめる真理は、すんなり道を切り開いていくものではないし、それに逆らえないほど明白なものでもない。十分に時間の流れることが必要なのだ。
つまり、傑作を声高に朗読する讃美者にとっては、その作品自体のなかに優越性の証明があるように思われるが、それを聞かされる人々にとっては、ばかげてつまらない印象しか感じられないことがある。のちにそうした人々が傑作だと認めても、あとの祭りでその評価は作者には伝わらない。

同様に、恋愛においても、相手との障壁に絶望した男が、その障壁を外からうち破ることはできないのだ。

90

ジルベルトの目に映る私の威信は、彼女からわざと離れていることで徐々に高まるように思われたため、彼女と会わないこの静かで悲しい一日一日は、失われたわけではなく、むしろ勝ちとったものだった。

勝ちとっても意味がないかもしれない。まもなく私は全快したと言われるだろうから。

とはいえ、人はしばしばある療法に慣れると、その成果を待たずに療法をうち切ってしまうものだ。そうして…

…ある日、スワン夫人が、あなたに会えたらジルベルトはさぞ喜ぶでしょうとお決まりの文句をふたたび口にして、ずいぶん長く我慢してきた幸福を私の手の届くところに置いたとき、私はその幸福をまだ味わえると知って動転した。翌日が待ち遠しかった。

夕食前にいきなりジルベルトに会いに行こうと決めたのだ。

丸一日辛抱できたのは、ある計画を立てたからだ。ジルベルトと仲直りしたからには、恋人として彼女に会いたかった。

両親がくれる小遣いでは、高価なものを買えなかった。

そこで私はレオニー叔母からもらった古い中国磁器の大きな花瓶を思いだした。

毎日、この世で一番美しい花々を彼女に送るのだ。

花瓶を売って思いきりジルベルトを喜ばせるのはいい考えではないか？　きっと1000フランにはなると思われた。

私は花瓶を持ちだし、御者にスワン家の住所を教え、そこへ行く前に、

シャンゼリゼを通るように頼んだ。

シャンゼリゼの角に、父の知人で中国の骨董を扱う商人の立派な店があったからだ。

ひどく驚いたことに、花瓶は1000フランではなく、

1万フランで売れた。

私は有頂天でその札を受けとった。

これから1年のあいだ、毎日ジルベルトにバラとリラを山のように贈ることができる。

黄昏のなか、スワン家のすぐ近くで、家とは逆方向に、若い男と一緒に歩く…

…ジルベルトを見たような気がしたが、男の顔は見分けられなかった。

まあ！ あの子が残念がるわ。なんと外出中なのよ

午後の授業がとても暑かったので、友だちと少し涼んでくると言っていたわ

シャンゼリゼで見かけたように思うんですが

あの子じゃないでしょう

ともかく、このことは父親には言わないで。娘がこんな時間に外出するのを嫌がるから

グッド・イヴニング

私は元の道を戻ったが、散歩する二人は見つからなかった。

どこへ行ったのだろう？ 薄暗がりのなかで、あんなに親密そうに、何を話しあっていたのか？

思いがけず1万フランを手にしながら、絶望的な気持ちで帰宅した。この金で小さな贈り物をたくさんできたはずなのに、

今や私はもうジルベルトには会わないと決めていた。

もしあの店に寄らなければ、もし馬車がシャンゼリゼ大通りを通らなければ、私はジルベルトとあの若い男に会うこともなかったのに。

こうして一つの同じ事実から反対の方向にことが進み、その事実が生みだした幸福を、その事実に隠されていた不幸が帳消しにしてしまったのだ。

私には、普通に起こるのとは反対のことが生じていた。普通は、喜びを欲しても、それを実現する物質的手段がない。

「大した財産もないのに人を愛するのはみじめだ」とラ・ブリュイエールは言った。

私は逆で、物質的手段は手に入れたが、まさにその瞬間、喜びは奪われたのだ。

私は1万フランを握りしめた。だが、もう何の役にも立たない。

おまけに私はその金を、ジルベルトに毎日花を贈るよりずっと早く使い果たした。

というのも、夜になると、ひどくみじめな気分になって、家にいられず、

愛してもいない女たちに抱かれて涙を流しに行ったのだった。

だが私は過去の死滅からまだはるかに遠いところにいた。たしかに憎んでいるつもりの女を、相変わらず愛していたのだ。

多くの人が私を招待したいという望みを示したが、私はそれに苛立ち、出かけて行くのを断った。

家でも諍(いさか)いがあった。私が父と一緒に公式の晩餐会に行くのを拒否したからだ。

そこにはボンタン夫妻が姪のアルベルチーヌと来るはずだった。

こうして私たちの人生の様々な時期がたがいに交錯する。私たちは、今は愛しているがいずれどうでもよくなる者のために、今はどうでもいいがまもなく愛するようになる人との出会いをあっさり拒否してしまう。だが、もしその人と会うことに同意していれば、その人をもっと早く愛することができ、そのとき感じていた苦しみを短縮してもらえたかもしれない。もっとも、その苦しみは、また別の苦しみに変わるのだが。

だが、私のなかにふたたび生じた苦しみは、結局鎮まったものの、元の状態には戻らなかった。
私はもはやほとんどスワン夫人の家に行かなくなった。

というのは、まず、愛する相手から捨てられた人々は期待の感情を抱くが、彼らが経験するこの期待感はひとりでに変化して、表面は同じに見えても、最初の状態のあとに、それとは正反対の第2の状態がやって来るからだ。

最初の状態は、私たちを打ちのめしたつらい出来事の結果であり、反映である。

そのため、次に起こることへの期待には、恐怖が交じっている。

そのとき私たちは、愛する者のほうから何も起こらないなら自分から行動しようと思うが、それが成功するかどうかは分からないし、たぶん一度やってしまったら別の行動をやり直すことは不可能だろうから、
いっそう恐怖は募る。

だが、やがて自分でも気づかないうちに第2の期待が続き、それを後押しするのは、すでに見たように、私たちがこうむった過去の思い出ではなく、想像上の未来への希望なのだ。

そうなると、期待はほとんど快楽になる。

だが、愛する女を今よりもう少し多く所有したとしても、所有していない部分をいっそう必要に感じるだけだろうし、満足から新たな欲求が生じる以上、所有していない部分はやはりつねに存在しつづけるのだ。

結局、こうした理由に最後の理由が加わって、私はスワン夫人への訪問を完全にやめてしまった。この最後の理由とは、ジルベルトを忘れていったということではなく、もっと早く忘れようと努力したということだ。

私はこれこそ愛を殺す唯一の方法だと気づいており、まだ若く、気力もあったので、その実行を企てた。

ジルベルトへの手紙のなかで、私が彼女と会うのを拒む理由として挙げたのは、二人のあいだに何か奇妙な誤解があるということだった。この誤解はまったくの作り話だったが、私はまずジルベルトがこの誤解の説明を私に求めてくるだろうと期待していた。

しかし、ジルベルトはこの誤解の存在を疑わず、その内容を知ろうともしなかったので、私にとってそれは現実のものとなり、手紙を書くたびにその誤解に言及した。

何度もこう書き、

僕たちの心が離ればなれになってから
depuis que nos cœurs sont désunis

ジルベルトがこう返事して、

そんなことはないわ、話しあいましょう
Mais ils ne le sont pas, expliquons-nous

ついに私は本当に心が離ればなれになったと思いこんだ。そして、ジルベルトも私の考えに同意した。

ジルベルトにこう書くたび、

人生が僕たちをひき裂いても、
La vie a pu nous séparer le souvenir du temps où nous
僕たちが知りあった時の思い出は残る
nous connûmes durera

彼女は必ずこう返事した。

人生が私たちをひき裂いても
La vie a pu nous séparer, elle ne pourra
あの楽しい時は忘れられないし、
nous faire oublier les bonnes heures
いつまでも私たちにとって大事なものです
qui nous seront toujours chères

私はもうあまり苦しまなかった。

それに、毎回彼女と会うのを断るのも徐々に苦痛ではなくなった。

そして彼女が前より大事でなくなったため、つらい思い出も、私がフィレンツェやヴェネツィアのことを考える楽しみを壊すほどの力はもうなかった。

そんなとき、私は一人の少女から離れないために、外交官になるのを諦め、家に閉じこもる生活を選んだことを後悔した。その少女のことをもうほとんど忘れているのだから。

私たちはある人のために生活を築くが、そこにようやく迎えられるようになったとき、その人は来ない。そして、死んだも同然の存在となる。その後、私たちはその人のためだけに作られた生活に閉じこめられて生きるのだ。

春が近づいたのに、寒さがぶり返す「氷の聖人」の時期や、霰まじりの雨が降る「聖週間」のころ、スワン夫人が家のなかでも凍るように寒いと言って、毛皮を着たまま客を迎えるのを私はしばしば見たが、彼女の寒がりな手と肩は、ともに白貂の毛皮でできた大きな平たいマフとケープの白く輝く覆いの下に隠れていた。彼女は外から帰ってもその白い毛皮を身に着けたままだったので、それはまるで、普通の雪より強情な冬の雪の四角い塊が、暖炉の熱にも季節の進展にも溶けずに残っているように見えた。

だが、凍る寒さのなかですでに花の咲いているこの数週間の真の姿は、まもなく私が来ることもなくなるこのサロンのなかで、もっと魅惑的な別の白さによって密かに示されていた。

例えば「雪の玉」と呼ばれるテマリカンボクの花がそれで、むきだしの高い茎の天辺に細かい球状の花弁が丸くまとまり、お告げの天使のように真っ白で、レモンのような香りに包まれている。

タンソンヴィルに城館を持つスワン夫人は、四月になれば、凍るほど寒くとも花はあると知っていたのだ。

スワン夫人の手にするマフの万年雪の横に、テマリカンボクの花があるだけで、私は田園への郷愁をかき立てられた。その花は、名前も知らないほかの種類の花冠から来る酸っぱく刺激的な香り、コンブレーでの散歩の最中に何度も私の足を止めさせたあの香りに助けられて、スワン夫人のサロンを、タンソンヴィルの小さな坂道と同じくらい、清らかで、葉が一枚もなくても無心に花開く、本物の香りに満ちあふれたものにしていた。

だが、あの坂道を思いだしたのは余計なことだった。その思い出のせいで、わずかに残っていたジルベルトへの愛が再燃する危険があったからだ。

それゆえ、スワン夫人を訪問するあいだ、もう苦しみはまったく覚えなかったが、私は訪問の間隔をもっと開け、できるだけ彼女に会わないようにした。せいぜい彼女と時々散歩をするにとどめた。

よ うやく天気のいい日が戻り、暖かくなった。スワン夫人が昼食前に１時間ほど外出して、エトワール広場に近いボワ大通りを歩くのを知っていたので、私は両親の許しを得て、日曜日は両親よりずっと遅く昼食をとることにし、その前にちょっと散歩に出た。

ボワ大通りの入口で待ちぶせし、小さな通りの角を見張る。自宅を出たスワン夫人は、数メートル歩くだけで、その角から姿を現わすのだ。

不意に、砂を敷いた散歩道の上に、遅咲きの、ゆったりとした、華麗な、真昼にならなければ開かないこの上なく美しい花のように、

スワン夫人が出現し、その身のまわりに、毎回異なった衣裳の花を咲かせる。とくに私の記憶に鮮やかなのは薄紫色の衣裳だ。

彼女を一群のお供がとり巻いている。スワンのほかに、昼前に彼女に会いに家まで来たか、途中で出会ったクラブの仲間の4、5人の男たちだ。

グッド・モーニング

スワン夫人の歩く姿は、好奇心に気をとられて、礼儀作法を優雅に破ってしまうといった趣があった。

スワンがにこやかな優雅さで、緑の革で裏張りされたシルクハットをもちあげるさまは、フォブール・サン゠ジェルマンで身につけたものだが、そこには、かつての彼なら見せたはずの冷淡さはもう混じっていなかった。
その代わりに見られたのは（オデットの偏見がいささか染みこんでいたせいか）、身なりの悪い者に挨拶を返さねばならないという困惑と、妻がこんなにも多くの人々と知りあいだという満足感の両方だった。

また一人！　まったく、オデットはどこでああいう連中と知りあうんだろうね！

あら、もう終わり？シルベルトにはもう二度と会いに来ないの？

私がその例外なのはうれしいわ。完全に「ドロップ」されたわけじゃないものね。あなたに会うのは楽しいけれど、娘にいい影響を与えてくれるのもうれしかったの。娘もすごく残念がると思うわ

でも、無理強いはしないわよ。もう私にも会いたくないなんて言われてしまうから！

オデット、サガンが
君にご挨拶だ

実際、サガン大公がオデットに芝居じみた大げさな挨拶をしていた。そこには、「女人」を前にすると恭しく敬意を示さずにはいられない大貴族の騎士道的な礼儀正しさが全開になっていた。

その「女人」は彼の母や妹が付きあいを遠慮するたぐいの女だったが。

そのうえ、スワン夫人は遅れてきた最後の騎士たちからも絶え間なく挨拶されていた。

詩的な感覚の思い出は、心の苦しみの思い出より、平均寿命がずっと長いので、

ジルベルトのせいで当時の私が経験した悲しみが消え去ったはるかのちにも、

私がこうしてスワン夫人と会話をする姿が目に浮かび、そのとき感じる喜びはいつまでも生き残ったのだ。彼女は日傘のかげで、

藤棚の色に染まっているかのようだった。

第2篇
花咲く乙女たちのかげに

第2部
土地の名—土地

その1

ジルベルトへの恋が破れて2年経ち、彼女にほとんど関心を失ったころ、私は祖母とバルベックに出発した。

急いで！ 1時22分の汽車に乗り遅れるわよ！

「西部鉄道」の馬車

生まれて初めて、母が私なしで、私のためでない別の生活を送れるのだと感じた。

あらあら、そんな悲しそうな顔で会いに来ると知ったら、バルベックの教会は何て言うかしら？ それがラスキンの言う「天にも昇る旅人」の顔？

遠くに行っても、ママはこの坊やと一緒よ。明日にはママの手紙が届きますからね

セヴィニェ夫人と同じことをするお前が
目に浮かぶわ。目の前に地図を広げて、
私たちの後をずっと追いかけるんでしょう

医者は、旅行のせいで呼吸困難の発作が起こらないよう、出発のとき少し多めにビールかコニャックを飲むように勧めた。
医者の言う「陶酔状態」になれば、神経組織が一時的に過敏でなくなるからだ。

だが、祖母の顔に非難の色が浮かんだので…

医者が勧めたのに、だめだって言うの！

あらあら、それで気分が良くなるなら、早く
行ってビールかリキュールでも飲んでおいで

ちょっとは眠るように
しなくちゃねえ

『セヴィニェ夫人書簡集』

眠れなかったら、
これを読んでごらん

この日よけを見つめるのがひどく幸せなことに思われた…

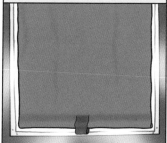

青い日よけを眺め、自分の口が半ば開いていると感じるのは快感だったが、その快感も薄れていった。
前より体が軽くなった。

私は少し体を動かし、そこここのページを選んで注意を集中することができた。

読んでいくうちに、讃嘆の気持ちが高まるのを感じた。セヴィニェ夫人は…

…エルスチールと同じ種族の偉大な芸術家だった。エルスチールは、私がこれからバルベックで会うつもりの画家だ。

エルスチールと同じく、セヴィニェ夫人は、物ごとをまず原因から説明するのではなく、私たちが知覚する順序どおりに提示していくことに私は気づくだろう。

祖母は「ばかみたいに」直接バルベックには行かず、女友達の家に寄って一泊するというので、私は二人の邪魔をしないように、その日の夜に祖母と別れて汽車に乗り…

…翌日の昼間にバルベックの教会を見に行くことにした。

ガタン
ゴトン
ガタン
ゴトン
ガタン
ゴトン

日の出は、長い汽車の旅には付きものだ。固ゆで卵や、挿絵入り新聞や、トランプ遊びや、いくら頑張っても進まない
小舟を浮かべた川の眺めのように。

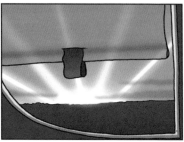

汽車は小さな駅に止まった。谷底に一軒の番小屋が
見えるだけだった。

この土地の産物で、この土地独特の魅力を味わえるものが
あるとすれば、それは、この踏切番の小屋から出てくるの
が見えた背の高い娘だっただろう。

こんな谷で娘が出会うのは
列車の乗客だけのはずだ…

この娘を前にした
とき、私は生きた
いという欲求を感
じた。
それは新たに美
と幸福を意識す
るたび、私たちの
なかに甦ってくる
ものだ。

お嬢さん！

あたりはもうすっかり明るくなり、
私は暁から遠ざかっていった。

ヴェズレーとかシャルトルとかブールジュとかボーヴェといった町の名は、それだけで町の中心にある教会のことを指すのに使われる。だが、私がバルベックというほとんどペルシア的な町の名を見たのは、鉄道の駅名としてだった。

バルベック、よく知っていますとも！ バルベックの教会は 12〜13 世紀の、まだ半ばロマネスク様式ですが、おそらくノルマン・ゴシックの最も興味深い見本です。とても変わっているんです！ まるでペルシア芸術だ

見たいのは教会と海だけなので、海辺はどこかと尋ねたが、質問の意味が分からない様子だった。

実際、言い伝えでは、漁師たちが奇跡のキリスト像を発見したのは海のなかだった。発見の様子はバルベックの教会のステンドグラスに描かれているが、その教会は私のいる場所から、わずか数メートルのところにあったのだ。

たしかに教会の身廊や塔の石が運ばれてきたのは、波が打ちつける断崖からだった。そのため、私は海の波がステンドグラスのすぐ下まで寄せては砕けるさまを想像していたのだが、海があるのは、そこから５マイル以上も離れたバルベック海岸駅だった。

ここだ、これがバルベックの教会なんだ

あの有名な正面玄関の使徒たちや
聖母像の、

複製にすぎなかった。

私はこう思った。「これまで私が見たのは、
この教会の写真であり、

いま、これは教会そのもの、
彫像そのもの、いやそれ以上だ」

だが、それ以下かもしれなかった。私の心はこれまで千回もこの
聖母像を彫りあげてきたので、それがいま単なる石の外観に戻され、
「一個の物」におとしめられるのを見て…

…面食らっていた。

時が過ぎた。駅に戻って
祖母を待たねばならない…

素晴らしい。
シエナと同じ
くらい美しい

どう、バル
ベックは？

私の失望をいきなり打ち明ける
ことはできなかった。

バルベック海岸駅まで、支線の汽車はたえず海水浴場の駅に止まった。

そうした小さな駅で、私は初めて海水浴の常連客に接し、もちろん外見を見ただけだが…その、妙に平静で、軽蔑的なのに馴れなれしい様子は、よそ者である私の目に刺さり、土地に慣れない心をひどく傷つけた。

だが、バルベックに着いてグランド・ホテルのロビーに入ったとき、私の苦しみはさらに強まったのだ！

で、いかほど…お値段は？

この宮殿のようなホテルにも払いの悪い客はいたが、彼らが支配人から尊敬されていることもあった。だがそれは…

…客が出費を渋るのは、貧乏ではなくけちだからだと支配人が承知している場合に限られた。
実際、けちは人の威信を傷つけるものではなかった。それはただの悪癖にすぎず、従ってどんな社会的地位にも見られるものなのだ。

あの…気分がよくないんだ。二人でパリへ戻らなくちゃいけないと思う

外でちょっと買物をしてくるわ

手紙、来てる？

どうぞこちらでございまして…

社会的地位は、支配人が注目する唯一のものだった。社会的地位、というより、地位が高いことを示唆するようなしるしである。

109

支配人はいつも、間違っているとも気づかず、
自分では上品だと思っている表現を使った。

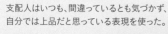

…私はルーマニアの出土で
ございまして…

体調はどう？
部屋の居心地は？

今夜何か必要になったら必ず
壁を叩くのよ。お前のベッドは
あたしのと隣り合わせだし、
壁はとても薄いからね

この到着最初の夜、祖母が行ってしまうと、パリで家を
出るとき苦しんだように、私はまた苦しくなり始めた。

だが、翌朝になると！

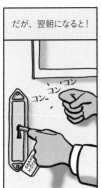

お早う
ございます

早くも昼食と散歩の楽しみを思いながら、窓と、書庫のガラスの一枚一枚に目をやると、何という喜びだろう！
船の舷窓から覗くように見えたのだ、

むきだしの海が…

それ以来、私は毎朝窓辺に立ち、駅馬車の乗客のように、ひと眠りしたあと、憧れの山脈に近づいたか、それとも行き過ぎたかを、窓から眺めることになった―ここの山脈とは、海の織りなす丘の連なりだ…

バタン

私たちは新参者だったので、昼食の時間には、支配人に世話を焼かれ、案内してもらった。新兵たちが下士官に連れられて被服係伍長のところへ行き、服を着せてもらうように。

エメ、とてもおいしそうだねえ、
あそこのあの小さな魚。
あれを持ってきてくれないかな、
エメ、どっさりとね

まるでご自宅でくつろいでいる
みたいですな

コンブレーでは私たちはみんなに知られていたから、誰にも気をつかわなかった。海水浴場の生活では、隣人のことも知らない。

あの世紀末風の若者は
両親を死ぬほど悲しませて
いるんですって

そう、すっちまうにも苦労するような
大金をバカラの勝負に賭けている

私はまだ年若く多感だったので、人に好かれたいとか、人を引きつけたいとかいう欲望を捨てられなかった。食堂で昼食をとる人々や、堤防を行く若い男女を見て、社交界の人士が感じるような、一段上の無関心を抱くには至らなかったのだ。

…手違いで、こちらは
ステルマリア様とお嬢様の席でした

二度とこんなことが
起こらぬように…

7の食卓にご案内！

少し空気を入れると
気分がよくなるわよ

カチャ

祖母は天の息吹きを味方につけ、聖女ブランディーヌのように平然と微笑んでいたが、周囲が放つ罵詈雑言で、私の孤立と
悲嘆の気持ちはさらに強まり…

…観光客たちは髪を乱され、怒り狂い、軽蔑もあらわに、祖母と私への敵意で結束するのだった。彼らの大部分は、フランスのこの地方の主要な県のお偉方だった。

カーンの裁判所長…

シェルブールの弁護士会長…

ル・マンの有力な公証人…

彼らは「陛下」と呼ばれるフランス人に皮肉で軽蔑的な態度をとっていた。
実際、このフランス人は「王」だと自称していたが、数人の未開人が住むオセアニアの小島の王なのだ。彼は美しい愛人とホテルに住んでいた。

女王様万歳！

まるでお祭り騒ぎだ！

まったく耐えがたい。フランスから脱出したくなる！

誤解なきよう。あれはつまらぬ女工です

だが、オステンデではたしかに王室用の更衣室を使っていたと！

そうとも！
20フランの袖の下でね！

一方、弁護士会長とその友人たちは、ある老いた金持ちの貴婦人もたえず嘲弄の種にしていた。この婦人はどこへ行くにもお供を全員ひき連れて移動するからだ。

侯爵夫人にはどれほどのお部屋を用意しても十分とは参りませんが…

おそらく、この老貴婦人が閉じこもる小宇宙は、公証人や裁判所長の妻たちが他人を辛辣にあざけるグループのように、攻撃性の毒には汚染されていなかった。

115

私はある人物に自分の存在を認めてもらいたかった。扁平な額のこの男は、自分の偏見と教育にこり固まって、相手をまともに見ようともしないが、この地方の大貴族で、あのルグランダンの義弟だった。このカンブルメール侯爵は時々バルベックにやって来るが、毎週日曜日には妻とともに園遊会を開いて、ホテルの客をごっそりさらってしまう。といっても園遊会に招待されるのは一人か二人だが、ほかの客は招待されていないと思われるのが癪で、わざわざその日を選んで遠出をするのだった。

あの人をご覧なさい、もう帽子を脱いでしまいましたよ！

うむ…庶民の出土に違いない！

カンブルメール侯爵様、招待をお受け頂きまことに光栄です

悲しいことに、こうした人々の誰よりも、ステルマリア氏の軽蔑が私にはつらかった。というのも、ホテルに入ってきた瞬間から、私は彼の娘に目をつけていたからだ。

血統で花の茎のようにすらりと伸びた体が、選りぬきの樹液をたたえるこの顔色に、異国の果実か名高い銘柄のワインのような味わいを注ぎこんでいた。

ところが、ひょんなことから、ホテルのすべての客に対して、祖母と私の威信を一挙に高める機会が突然転がりこんできた。

ヴィルパリジ侯爵夫人ですよ

侯爵夫人はこのホテルで威光を放っているから、祖母と私が侯爵夫人と親しくすれば、ステルマリア氏も私たちに一目置くだろうと感じた。

もっとも、祖母のこの女友達は、私にはまったく貴族には思えなかった。彼女の名前に慣れっこだったからだ。

私はまたたく間に、自分とステルマリア嬢を分かつ無限の社会的距離を―少なくともバルベックでは―飛びこえようとしていた。

だが残念ながら、祖母は、旅先では人と交際しない、海辺に出るのは人と会うためではない、

人と付きあうのは時間の無駄だ、貴重な時間はすべて屋外で波を見ながら過ごすべきだ、との主義の持ち主だった。そして、この原則を誰もが認めているので、二人の旧友が出会っても互いに見知らぬふりをすることは許されているという考えを良しとしていた。それで祖母はヴィルパリジ夫人から目をそらして、見なかったふうを装い、ヴィルパリジ夫人のほうも、祖母が素知らぬふりをしたがっていることを察して、あらぬ方角に目を向けた。

その夜…

ド・カンブルメールご夫妻でしたな。
あれが侯爵夫人。正真正銘の。
奥さんの実家の血筋からではなく

そう！ とても気取らない女性です。
魅力的で。ほかの貴族連中は
勿体ぶっているのに

エメ、ステルマリア氏に
言ってくれんかね、
あなただけが食堂にいた唯一
の貴族じゃございません、とね

だが翌日になると…

我々の共通の友人であるド・
カンブルメール夫妻がちょう
ど我々を引き合わせようとし
ていたのですが…

ステルマリア氏が
弁護士会長と話
すために席を離
れたあいだ、私
はいつものよう
に、いや、いつ
もよりじっくりと
ステルマリア嬢を
見つめた。

彼女の瞳はすぐに奥まで乾いてしまうのだが、一瞬、
そこを横切る目の光があった。そのまなざしは、最も
高慢な女が官能の快楽への嗜好に支配されたときに
見せる、ほとんど卑屈なやさしさを感じさせた。こう
した女はまもなく、官能の快楽を味わわせてくれそう
な男にしか威光を認めなくなる。それが役者であろう
とサーカス芸人であろうと、その男のためにいつかお
そらく夫も捨てるだろう。また、彼女の蒼ざめた頬に、
生き生きとした官能的なバラ色が花咲くこともあった。
ヴィヴォンヌ川の白い睡蓮の花芯をあざやかに染める
紅色に似た色調である。そうした目の光や頬の色を
見ると、私は、ステルマリア嬢がごくあっさりとその
体で、彼女がブルターニュで送るなんとも詩的な生
活を私に味わわせてくれるのではないかと感じるの
だった。

だが私はステルマリア
嬢から目をそらさねば
ならなかった。早くも
父親が弁護士会長に
別れを告げ、貴重な
獲物を手に入れた男
のように揉み手をしな
がら戻ってきて、娘の
前に座ったからだ。

相変わらず私にとって食事は気づまりだったが、それがさらにひどくなるのは、ホテルの持ち主（総支配人かもしれない）が
やって来て数日過ごすときだった。この人物はバルベックだけでなく、フランス各地にちらばる７つか８つの豪華ホテルの
所有者でもある。

一度、夕食の初めに私が外
へ出たことがあった。戻る
ときにそばを通ると、彼は
お辞儀をしたが…

冷淡な仕方で、その原因が
遠慮なのか、大事ではない
客への軽蔑なのか、分から
なかった。

逆に、非常に大事な
お客の前では…

明らかに彼は自分を、舞台の演出家やオーケストラの指揮者以上の、まさに軍の総司令官だと思っていた。

私は自分のスプーンの動きさえ彼の目を逃れられないと感じ、ポタージュの出た直後に彼が去っても、たったいま
行なわれた閲兵のせいで、夕食のあいだじゅう食欲を失うのだった。だが、彼の食欲はきわめて旺盛で…

…それは彼が一個人としてとる
昼食のときに分かった。

食事のあいだ、もう一人の、いつも
の支配人が横にずっと立っていた。

お世辞を言うことに努め、
ひどく怖がっているようだった。

…レジオン・ドヌール３等勲章の
佩用（はいよう）も周近ですな

ドアボーイに囲まれたフロントの主任が
教えてくれた。

総支配人は明日の朝、ディナールに発ちます。そこ
からビアリッツに行き、そのあとカンヌに回るんです

…私はようやくひと息ついた。

118

ついに祖母の主義に反して、とはいえ祖母のおかげで、私たちも人付きあいをするようになった。ある朝、
祖母とヴィルパリジ夫人が出入口でばったり出会い、挨拶しないわけにはいかなくなったのだ。

それから侯爵夫人は毎日食堂で近づいてきて、食事が出るまで、しばらく私たちの隣に座るようになった。

ヴィルパリジ夫人がパリから素晴らしい果物を届けさせてくださったのよ

私も大好きで。どんなデザートより果物に目がない口なのです

ホテルで出される果物がたいてい不味かったので、祖母はことのほか侯爵夫人の果物が気に入った。

セヴィニェ夫人の言葉はもう通じませんわね。「気まぐれに不味い果物が欲しくなったら、パリから取りよせるほかない」なんて

そうそう、セヴィニェ夫人を読んでいらっしゃるのね。到着の最初の日から『書簡集』を持っていらしたわ。でも娘のことをいつもあんなに心配するなんて大げさじゃないかしら。あんまりしゃべりすぎると誠意が薄れますわ。不自然になるのね

祖母は議論しても無駄だと判断した。

夜になると、電気の泉から光が湧きだして、なみなみと大食堂にあふれ…

…大食堂は巨大な水族館のようになった。そのガラスの壁の向こうで、バルベックの労働者や、漁師や、小市民の家族までもが、闇のなかで姿は見えないが、ガラスに顔を押しつけて…

金色の渦のなかでゆらゆら揺れるホテルの客の贅沢な生活を眺めている。こうした宿泊客の生態は、貧しい人々にとって、珍種の魚や軟体動物のように不思議なものだった。

ここには考えるべき大きな社会問題がある。この異様な生き物たちの宴会を、ガラスの壁は永遠に守ってくれるのか。この光景を闇に隠れて貪るように見つめている人々が、水族館のなかまで侵入し、生き物たちを捕まえて、食べてしまうのではないか。

そのときまで、立ちどまって夜に溶けこむこの群衆のなかに、もしかしたら作家か人間魚類学の研究家がいて、年老いた女の怪物が餌のかけらを呑みこんで顎を閉じる様子を観察し、この怪物を、種族や先天的あるいは後天的特徴で分類して面白がっているかもしれない。後天的特徴とは、あるセルビアの老女の場合、子供のころからフォブール・サン＝ジェルマン街の清い水に生息し、ラ・ロシュフーコー家の貴婦人みたいにサラダを食べていたため、大きな海水魚のように口が突きでてしまったというようなことだ。

数日前から、背の高い、赤毛の、美しい、ちょっと鼻の目立つ女が、仰々しいお供を連れて通るのがよく見かけられた。この地方に数週間保養に来たリュクサンブール大公妃である。

おやまあ！　まったく！
何でしょうね、あれ！

大公妃は毎朝、みんなが海水浴を済ませてようやく昼食に戻る時間に出てきて、浜辺を一回りする。
私たちより高い所に位置していると思われたくなかったのだろうが、たぶん彼女は距離の計算を間違えていた。というのも…

…今にも私たちをやさしく撫でそうに思われたからで、私たちはまるで…

…ブローニュの森の動物園で、彼女にむけて柵から頭をつき出す2匹の従順な動物のようだった。

これはあなたのお祖母さまに

どうぞ召しあがれ。
お祖母さまにも差しあげてね

私が生まれて初めて知った妃殿下だった。

私は急に熱を出し、やって来たバルベックの医者は、一日中海辺に出ていてはいけないと言った。

祖母は一見ありがたそうに処方箋を受けとったが、どんな薬も使わないと固く決意していることがすぐに見てとれた。だが、健康法に関する忠告は考慮に入れて、私たちを馬車で散策に連れていくというヴィルパリジ夫人の申し出を受けいれた。

ヴィルパリジ夫人は朝早くから馬車の支度をさせた。サン＝マルス＝ル＝ヴェチュやケトルムの岩場、あるいはかなり遠くて、足の遅い馬車なら丸一日かかる遠出の場所まで行ける時間を考えたためだ。

日曜日には、ホテルの前にいるのはヴィルパリジ夫人の馬車だけではなかった。

多くの貸馬車が待っているのは、カンブルメール侯爵夫人のフェテルヌの城館での園遊会に招待された人だけではない。罰を受けた子供のように居残っているくらいなら、バルベックの日曜日は耐えがたいと大見得を切って、昼食が済むなり外出して、隣の浜に紛れこんだり、どこか名所見物に出かける人々もいた。

それ行け！

123

…スタンダールの小説だって
同じです。
あなたは讃美なさっていますが…

…私の父はあの人にメリメさんの
家で会いました。メリメさんは
才能がありますが…

…ともかく、才気あふれるサント = ブーヴさんが言うように、
ああいう人たちと親しく接した者の言葉を信じなくては…

ヴィルパリジ夫人がカルクヴィルに
連れていってくれた日…

わたしたちは
ケーキ屋にいますからね

教会から帰ろうとしたとき…

ちょっとお尋ねしてもいいですか？
ケーキ屋の前まで行かなくちゃならない
んですが、どこにあるか分からなくて。
馬車が待ってるんです

でもね！…ヴィルパリジ侯爵夫人の馬車
かどうか聞けばいいんです。それに
すぐ分かりますよ。2頭立てだから

ところが、「侯爵夫人」と「2頭立て」という言葉を発したとき、急に気分がすっかり楽になった。たった今、目に見えない唇で彼女の体に触れ、彼女に喜ばれたような気がしたのだ。こうして彼女の心を力ずくで捕え、非物質的に所有することが、肉体的な所有と同じように彼女の神秘を剝ぎとった。

馬車はユディメニルへと下っていった…

125

突然私は、コンブレー以来あまり感じなくなっていたあの深い幸福感に満たされた。
それはとくにマルタンヴィルの鐘楼が与えてくれた幸福感に似たものだった。

だが、今回の幸福は完全な
ものにはならなかった。

私が今、目にしたのは3本の木で、茂みに覆われた小道の入口に
なっているらしい。

いつかどこかで見たことのある絵柄だ。

その3本の木がどこからここに移ってきたのか、どうしても分からなかった。しかし、私がかつて親しんだ場所からだ、
とは感じていた。

あの木をどこで見たのだろう？　あんなふうに
小道が始まる場所は、コンブレーの周りには
まったくない。

やがて十字路になって、馬車は3本の木を見捨てた。私は、自分だけが真実だと思うもの、本当に私を幸福にしてくれたはずの
ものから、遠くひき離されていく。この馬車は私の人生にそっくりだ。

御者にバルベックへの旧道を通るように
言いましょう。それはそれは美しいの！

物思いに耽っているのね…

私は3本の木が遠ざかるのを見た。必死に腕を振りながら、こう言っているように見えた。「今日、君が僕たちから学ばなかっ
たことを、君はもう一生知ることがないだろう。僕たちはこの道の底から君のところまで這いあがろうと頑張った。でも、君が
僕たちを道の底に放りだしていくなら、僕たちが君に手渡そうとした君自身の一部は、永遠に、すべて無に帰することになる
んだよ」

126

ド・カンブルメール夫妻の園遊会にいらっした？

いいえ、ベックの滝へ

羨ましいわ。替わって頂きたかったくらい。きっとパーティより楽しいわね

私は腹ぺこだった。だから、夕食の時間を遅らせないように、部屋に上がらないこともよくあった。
私たちはロビーでみんな一緒に、給仕長が夕食の用意ができたと告げに来るのを待っていた。

すっかりお邪魔してしまって

あらあら、どうして。とても楽しいわ

毎晩、私は祖母の部屋へ行き、昼間に見た祖母以外の
つまらない人々の様子を逐一語り聞かせた。

あるとき…

お祖母様がいなくては生きていけない

だめよ！

もっと強い心を持たなくちゃ。
そうでなければ、私が旅にでも
出たら、お前はどうなるの？
むしろ逆に、平然と、
楽しく暮らしてほしいわ

何日かの旅なら
平然とできるよ。
でも時間を数えて
待つだろうなあ

じゃあ、私が数か月の
旅に出て…何年も…
そして二度と…

私は自分の不安よりも祖母の不安が
苦しかった。

僕は習慣に流される人間でしょ。一番愛する人と離れて、
最初の数日は悲しいと思う。でも、愛情は前と同じなのに、不在にも慣れ、
生活は落ち着いて、気楽になる。愛する人と離れていることもつらく
なくなるんだ。何か月でも、何年でも…

だが翌日には…

最新の科学的発見の後に、唯物論が没落したように
見えるのは変だね。相変わらずみんなが一番信じているのは、
魂の不滅と来世での再会なんだから

あら、ご機嫌よう…

ソーミュールの騎兵学校へ入る準備中の甥が、いま隣のドンシエールの駐屯部隊にいますの。数週間の休暇をわたしのところで過ごすことになりました。もうあまり頻繁にはお会いできないかもしれませんね

散歩のあいだ、ヴィルパリジ夫人は、甥がとても聡明で、とくに心がやさしいことを自慢した。早くも私は、この甥が私に好意を抱き、親友になってくれると思いこんでいた。甥の到着直前、ヴィルパリジ夫人は、甥が不幸にも悪い女の毒牙にかかって、この女に狂い、女のほうも甥を放そうとしないのだと洩らした。私は、この種の色恋は必ずや発狂や犯罪や自殺に終わると信じていた。

とても暑い午後…

あの青年がサン゠ルー゠バン゠プレー侯爵よ！なんてお洒落なの！

新聞を読んだ？ 若いユゼス公爵の決闘に立ち会ったときの衣裳といったら！

この人物こそ、ヴィルパリジ夫人が話してくれた甥だった。

お手紙でございます、侯爵様！

出して！

これに続く日々、私はひどく失望した。
彼は私たちに近寄ろうともしないし、挨拶もしない
ことが分かったからだ。

こうした冷たい態度
は、数日前、私が想
像していた手紙とは
かけ離れていた。彼
が素敵な手紙を書い
て、私への好意を示
してくれると思ってい
たのだ。

ある日、夫人と甥が一緒のところで出会い、
夫人は私に甥を紹介するほかなかった。

だが、話題は文学に終始
し、長いおしゃべりの後、
これからは毎日会ってぜひ
何時間も話したいという。

あの高慢な人間が、これま
で会ったなかで最も親切で
思いやり深い若者に変わる
のを見た。

彼はニーチェとプルードンを研究して
飽きることがなかった。

お孫さんがうんざりしないかしら。
あの社会主義の大演説で！

次の日、彼から名刺を渡されたとき、
てっきり決闘の申しこみだと思った。

本に閉じこもり、高尚な思想だけを気にかける
「知識人」の一人で、すぐに何にでも感心する
のだった。

…『パルムの僧院』は、とてつもなく、
とんでもないものなんだ！…

すぐに彼と私のあいだには、永
遠の親友になったという取り決
めができた。

我々の友情は僕の人生最良
の喜びだ。むろんラシェル
への愛を別にして

こうした言葉を聞くと何かつらい
気持ちになった。どう答えてい
いか困ってしまうのだ。というの
も、彼と一緒に話していると—
ほかの人とでもたぶん同じだっ
たと思うが—むしろ相手がいな
いときに得られるあの幸福を、
まったく感じられないからだ。ロ
ベール・ド・サン＝ルーと2、3
時間もしゃべった後は、呵責と
後悔と疲労に襲われた。一人き
りでいれば、ようやく仕事の準
備にかかれたはずなのに。

ロベールは貴族なんかになりたくないと思っていたが、彼のなかに、何百年も前から続くこの古い存在を見出すたび、私は強い喜びを覚えた。それは友愛ではなく、理知の喜びだった。

彼は貴族だったからこそ、彼の精神的活動や社会主義への熱意には、

本当に純粋で無私なものがあった。そうした活動で彼が付きあう、服装の乱れた生意気な若い学生には、そんなものはありえなかった。ロベールは自分を無知で利己的な階級の後継者だと思いこみ、

仲間の学生たちに、自分の貴族の出自を許してもらいたいと真剣に望んでいた。だが、仲間はむしろそこに魅力を感じていたのだ。そんなわけで、彼が進んで付きあおうとする人々は、

コンブレーの社会学を信奉する私の家族から見れば、どうしてロベールが顔を背けないのかと呆れるような連中だった。

ところである日…

…数歩あるけば奴らに当たる、ってなもんだ…

原則としてユダヤ民族に絶対反対ってわけじゃないが、ここは多すぎる…

…「やあ、アブラハム、ぼく、シャコブに会ったよ」そんな会話ばっかりだ…

目を上げて、この反ユダヤ主義者を見た。

…これじゃあまるでアブキール通りだよ

ブロックじゃないか！

アルベール・ブロック？全国優等生コンクールでも、民衆大学でも会ったことがある！そう伝えてくれないか

ロベールがブロックの愚行を見て困った顔をしたのは、人の気分を害することを恐れるからだ。私はそこにイエズス会の教育の影響を見たが、せいぜい苦笑するにとどめた。

ブロックはあいにく一人でバルベックにいたのではなく、妹たちと一緒で、彼女たちの縁者や友人もたくさんいたのである。

ねえ
アルベール！

アルベール
ったら！

バルベックはロシアやルーマニアといった国と似たようなものだった。

地理の授業によれば、そういう国では、ユダヤ民族が例えばパリほど優遇されていないし、パリのような同化にも達していないのだ。

おそらく、この集団はほかと同じくらいの、もしかしたらより多くの、快適さと長所と美徳を備えているのかもしれない。しかし、それを経験するためには、その内部に入りこまねばならないが、この集団はほかの人々を楽しませることができない。そして、そのことを自ら感じているので、そこに反ユダヤ主義の証拠を見つけ、これに対抗して、緊密で堅固な戦闘態勢をとる。もっとも誰もそんなものを突破しようとは思わないのだが。

ブロックは妹たちに私を紹介した。

おいおい、その可愛いブローチの付いたドレスの胸元をちょっとは閉めろよ。ずいぶんなおめかしじゃないか？

分かってるぞ、
バルベックに来たのは、
ご立派な知りあいを作るためだろ

私が、この旅は自分の最も古くからの欲求に応えるものだ、ただしヴェネツィアに行きたいという望みほど深いものではないが、と言うと…

もちろんそうさ、美しい奥様方とシャーベットでも舐めながら、
『ヴェナイスの石』なんぞ読んでるふりをするんだろう。
ジョン・ラスキン卿の著作、世にも陰気で、
退屈で、うんざりさせまくる御仁だね

つまり、ブロックは明らかに、英国人男性はみんな「卿」で、さらに「i」の文字はつねに「アイ」と発音されると信じていたのだ。

133

ド・サン゠ルー゠バン゠ブレーなんかと付きあうのは、貴族へと成りあがろうって魂胆かい？

麗しきスノビズムの危機を通過中ってわけだ

おい、君はスノッブか？ねえ、そうなんだろう？

僕がスノップなら君なんかと付きあわない

君は意地悪だなあ

許してほしい。僕は君を悲しませ、苦しめ、理由もなく傷つけた。だが、こんなにひどく君をからかう僕からは想像もできないだろうが、君に深い愛情を抱いているんだ。君のことを思うと、すぐに涙が出てくる

信じてくれ。昨日も君のことを考えて、ひと晩中すすり泣いた。嘘だというなら、今この瞬間、黒い悪霊ケールに捕まって、忌わしい魔王ハデスの門を潜ってもいい

アルベール、お友達よ！

こうした言葉は口から出まかせだと思ったし、「ケールにかけて」誓ったからといって重みが増すわけではない。古代ギリシアの崇拝はブロックにとって単に文学的な趣味にすぎないからだ。

ブロックの毒舌は結局、夕食への招待に結着した。

大先生、並びに軍神アレスの愛でる騎兵にして馬術名人、ド・サン゠ルー゠バン゠ブレーに申し上げる。水泡（みなわ）の音高きアンピトリテの岸辺にて出会いし上は、今週の一日、名高く心に汚れなき我が父の住まいにて、ご両所、晩餐にお出で願えぬか？

ブロックがこんな招待を私たちにしたのも、サン゠ルーともっと親密な交際をして、貴族の世界に入りこみたいという下心があったからだ。

だが、この夕食は延期になった。ヴィルパリジ夫人のところにサン＝ルーの叔父が来て二日滞在するので、
サン＝ルーが外出できなくなったのだ。

サン＝ルーは、この叔父の過ぎた昔の
青春時代の話をした。叔父は毎日、色々
な女を家に連れこんでいた。
この家には、独身の友人二人も一緒に
暮らし、

三人とも負けず劣らず美男なので「三
美神」と呼ばれていた。

あるとき、今ではフォブール・サン＝ジェ
ルマンの貴族社会の有名人になった男が、
叔父の家を訪問したいと言ったんだ

ところが、やって来るなり、この男が
口説きはじめたのは女たちではなく、
叔父のパラメードだった

叔父は意味が分からないふりをし、口実を作って、
同居する友人二人を呼んだ。そして三人で部屋に戻り、
不届き者を捕まえて裸にひん剝き、
血が出るほど痛めつけて…

…零下10度の寒い戸外へと蹴りだしたんだが…

男が半死半生の態で発見されて、
警察が捜査を始めてしまった。
哀れな男は散々骨を折って、
捜査をやめてもらったそうだ

叔父が若いころ、
どれほど社交界
全体を支配し、
君臨したかは、
今では想像もでき
ないほどらしい

美男だったから、
女も大勢いた
だろうね！

翌日の午前中…

ピシッ
ピシッ
ピシッ

パン♪♪…ババン♪…バン

フウーッ…

ホテルを根城にする詐欺師だと思った。

その特異な表情から、泥棒か、異常者かもしれない、と私は考えたのだ。

136

I 時間後…

…ヴィルパリジ夫人とロベール・ド・サン＝ルーの外出を見た。さっきの見知らぬ男が一緒だった。

男の視線は閃光のような素早さで私を貫き、私など見なかったように元に戻り、前方の少し低いところに落ちて、鋭さを失った…

衣裳を替えたのが分かった。

彼の服はほぼ完全に色彩を欠いていたが、無関心から色彩を捨てたのではなく、むしろ何らかの理由で、自分に色彩を禁じているのだと感じられた。

甥のゲルマント男爵を紹介しますわ

ごきげんよう

あらまあ、頭がどうかしたのかしら？
ゲルマント男爵と呼ぶなんて。シャルリュス男爵を紹介します

でも、大した間違いじゃないわ。いずれにせよゲルマント家の人間なんだから

サン＝ルーの叔父は私に言葉をかけなかったばかりか、見向きもしなかった。

137

ねえ、聞き間違えかな？　ヴィルパリジ夫人は、君の叔父さんが
ゲルマント家の人間だと言ったね

ああ、もちろん、パラメード・ド・
ゲルマントだからね

でも、あのゲルマント家と同じ？　コンブレーの
近くに城館を持っていて、ジュヌヴィエーヴ・ド・
ブラバンの末裔と称している

その通りだよ。
叔父は、城館の今の所有者の弟なんだ

シャルリュス男爵という称号でね

私は今、分かった。
さっきカジノの近くで
私を振りむかせた鋭
い視線は、かつてタ
ンソンヴィルでスワン
夫人が娘のジルベル
トを呼んだとき、私に
じっと注がれていた
視線だった。

叔父さんには情婦がたくさんいたそうだけれど、
そのなかにスワン夫人はいなかった？

いや！　とんでもない！　叔父はスワンの親友で、いつも彼を
しっかり助けてきた。でも、叔父がスワンの妻の愛人だとは
一度も聞いたことがない

グランド・ホテルの前で、ゲルマント一族の三人と
別れた。

今晩、夕食の後、伯母のヴィルパリジ夫人の
部屋でお茶を飲むんだ。
お祖母様と一緒に来てくれるとうれしいね

その夫人のそばに寄るだけで十分…

…いきなりこう思いました。
「どうした！　便壺でも開いたのか」…

彼は明らかに私を見ていながら、見ないふりをした。

…だが、たった今開いたのは…

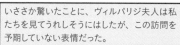

いささか驚いたことに、ヴィルパリジ夫人は私たちを見てうれしそうにはしたが、この訪問を予期していない表情だった。

…侯爵夫人の口だったのです

おお！　これは良いことを思いつかれた。来てくださったのですね。伯母様、うれしいですねえ

でも、憶えていらっしゃるでしょう？　今晩来るようにとおっしゃったのは、あなたでしたよね

あなたです。
憶えていませんか？

シャルリュス氏の顔は、その目がなければ、たぶんほかの多くの美男の顔と大して違わなかっただろう。

だが、顔の表情をおし隠そうとしても無理で、目だけが亀裂か銃眼のように残ってしまうのだ。

私は、シャルリュス氏の、ほかの人間にはない秘密を見抜きたいと思った。その秘密が、この日の朝、カジノの近くで彼を見たとき、彼の視線をあれほど謎めいたものにしていたのだ。

結局、セヴィニェ夫人はほかの者より恵まれていましたよ。愛する人のそばで人生の大部分を過ごしたのだから

忘れているのね、あれは愛ではないわ。自分の娘なんですから

彼の声そのものが高音になり…

人生で重要なのは、愛する相手ではなく、愛することなのですよ

…思わぬやさしさを帯び、愛情をふりまく修道女や婚約した娘たちの歌を秘めているように思われた。

セヴィニェ夫人が娘に感じていた気持ちは、まさにラシーヌが『アンドロマック』や『フェードル』で描いた情熱にそっくりだといえましょう。息子のセヴィニェが情婦たちと結んだ月並みな関係とは比較になりません

『アンドロマック』と『フェードル』が大好きなんですね？

ラシーヌの悲劇一つのなかに、ヴィクトル・ユゴー氏の戯曲すべてを合わせても及ばない真実がある！

ヴィクトルよりラシーヌが好きだなんて、とてつもなく、とんでもないことだね！

シャルリュス氏はこんな話をした。
かつて自分の一族が所有した邸宅があり、そこにはマリー＝アントワネットも泊まったし、庭園はル・ノートルの設計だった。
だが今はイスラエル金融の金満家に買い取られ、所有されている。

ゲルマント家の邸宅だったのに、イスラエル一族のものになるなんて！！！

イスラエルは、とりあえずあの連中が名乗っている姓だが、私には個人の名前というより、種族や人種の名称のように思えるね

想像してみてほしい。あの連中は手始めにル・ノートルの庭園を破壊した。プッサンの絵画を引き裂くような犯罪行為だよ。それだけでも、あのイスラエル一族は監獄送りになるべきだ

間違いない。
連中はほかにも山ほど監獄送りになるべき行為を行なっている！

少し経って…

シャルリュスだが。
入ってもいいかな？

先ほどの甥の話では、君は寝つくまでつらい思いを
しているとか。それに、ベルゴットの本がお好きらしい。
トランクに、おそらく君の知らないベルゴットの本が
1冊入っていたので、つらい時間を過ごす助けに
なればと思って持ってきた

夜が来ると不安になるなんて、
ばかげていると思われるでしょうね

とんでもない。君には大して
個人的な価値がないかもしれん。
だが、ある人なんてほとんどいないんだ！
しかし、今のところ、君には若さがある。
これはつねに人を引きつける魅力だ

他人に理解さ
れないことで、
人がどんなに
苦しむか、
私はよく
知っているよ

…

手元にもう1冊
ベルゴットがあるから…

…持ってこさせよう

142

給仕長を呼んできてくれ。ここで気の利いた
用事をこなせるのはあれだけだ

エメさんですか？

名前なんか知らん。いや、思い出した。
エメと呼ばれていた。早くしてくれ、
急いでるんだ！

すぐに参ります。
今、下で見かけましたから

しばらくして、ボーイが戻ってきた。

エメさんはもうおやすみです。
でも、私が用事を伺いますので

だめだ、起こしてきたまえ

それがその、ここには
泊まっていませんので

ならいい、もう放っといてくれ

あの、申し訳ありませんが、
ベルゴットは1冊あれば十分ですから

なるほど、
それもそうだな

じゃ、おやすみ

バタン

翌日は、シャルリュス氏の出発の日で…

お祖母様が待っているから、水から上がったらすぐに行ったほうがいい

だがな、老いぼれ婆なんかほっときゃいいだろうが？　このちんぴらめ！

何ですって、大好きなお祖母様のことを！…

いいかね、君はまだ若い。だから若いうちに二つのことを学ぶ必要がある。
その1、あまりにも当然で誰も口にしないような感情を外に出すのを控えること。
その2、言われたことの意味を深く考えもしないで喰ってかかるような態度で返答しないこと。
この注意を守っていれば、さっきの耳も聞こえないみたいに頓珍漢なしゃべり方は避けられたんだ。
それにまた、海水着にそんな錨の刺繍をする滑稽さに、さらなる滑稽さの上塗りをしないで済んだだろう

144

ベルゴットの本をお貸ししたが、私にはあれが必要だ。
1時間後に私のところに届けさせてくれたまえ。
あの変てこで不似合いな名前の給仕長に頼めばいい。
まさかこの時間には寝ていないだろう

君のおかげでよく分かったよ。昨日の夜、
若さの魅力について語ったのは時期尚早だった。
むしろ、若さの軽率、無軌道、浅はかさについて教えた
ほうが、君にはどれほどためになったか知れない

この小言の雨が海の水より君の健康に効くといいがね

そんなにぼうっと突っ立っていないで。
風邪をひくよ。じゃ、さよなら

おそらくシャルリュス氏はこんな小言を言ったこと
を後悔したのだろう。
というのも、しばらく経って1冊の本が送られてき
たからだ。モロッコ革で装丁された1冊で、表紙
には別に切りとった革が1枚貼りこまれ、そこにひ
と茎の忘れな草が浮き彫りにされていた。
それは彼が貸してくれたあの本で、給仕長のエメ
が「外出中」だったため、私がエレベーター係の
ボーイを使って彼に返したものだった。

ところで、おととい君が浜辺で散歩させていた、
地味な服装の素敵な操り人形は、
いったい何だったのかな?

叔父だよ

そいつはおめでとう。気がつくべきだったな。
すばらしく粋で、最高級の血統の、変ちくりんな
耄碌じじいの顔つきだったねえ!

この数日に続いて、この日もサン＝ルーはドンシエールに戻らなければならなかった。

私が一人で所在なくグランド・ホテルの前に立っていると、5、6人の娘が進んでくるのが見えた。
服装といい、動作といい、バルベックで見慣れた人々とはまったく違っていた。

海を前にして、そこに私が見ていたものは、ギリシアの浜辺で陽光に照らされる彫像のような、気高く、穏やかな、人間の美の典型ではなかっただろうか？

新聞を買ってくるわね

あの可哀そうなお爺ちゃん、
見ちゃいられないわ、
今にもあの世へ行きそう

今はもう、娘たちの魅力的な顔だちは、混じりあって見分けのつかないものではなくなっていた。

どう想像をめぐらしても、彼女たちが清純な乙女だとは思われなかった。

女優にも、農家の娘にも、修道会の寄宿学校の令嬢にも、これほど美しく、これほど多くの未知を湛え、これほど測りしれず貴く、これほど近づきがたく思われるものは、今まででまったく見たことがなかった。

この若い花々より珍しい種類の花をまとめて見ることなどありえない。今、私の目の前で、その花々は軽やかな生垣で水平線を隠していた。

私は考えにふけった。今しがた見た娘たちはバルベックに住んでいるのか、彼女たちはいったい何者なのだろうか、と…

あの娘は、シモネのお嬢さんの友達よ

私はホテルに帰った。ロベールとリヴベルに行って夕食をとる約束で、そういう日の午後は、出かける前に 1 時間ベッドで休むようにと祖母に言われていたからだ。

…エレベーター係を呼んだ。導管に沿って移動する胸郭のようなエレベーターで昇るあいだ、傍らのエレベーター係が私に話しかけてきた。

初めて到着した夜の気おくれも悲しみも感じず…

そして各階を過ぎるたび、絨毯に映える金色の光が、トイレの窓の向こうの落日を教えるのだった。

このバルベックで、シモネさんという一家を知っている?

その名前は聞いたことがあると思います

最近の訪問客名簿を持ってきてくれないか

それ以来しばしば、浜辺でシモネという名前が私の耳にどんなふうに響いたか、思い出そうと努めた。なぜかは分からないが、この最初の日から、シモネというのはあの娘たちの一人の名前に違いないと思っていた。

部屋に入った。

季節が進むにつれ、
窓に見える景色も
変化した。

すぐ近くに見える船の簡易ベッドに横たわっているかのように、海のイメージがまわりをとり囲んでいた。

いつもなら夕食のテーブルに着いている時刻が、カーテンの上のほうで空しく過ぎていく。それを放置しても、悲しみも心残りも感じなかった。というのも、この日はいつもの一日と違い、ずっと長いと分かっていたからだ。

この黄昏の蛹(さなぎ)から、輝かしい変身を遂げて、リヴベルのレストランの目も眩む光が飛びだそうとしているのだ。

時間だ

エメでございます

訪問客名簿を持って参りました

エメは退出する前に、ドレフュスは絶対に有罪だ、と言わずにはいられなかった。

今年は無理ですが、来年にはすべてが明らかになります。参謀本部とたいそう近しい方がそう言われました

すべてを直ちに明らかにするという軍の決定は出ないと思うんだね

私は心に軽い衝撃を受けた。訪問客名簿の第1ページに、「シモネと家族」という文字が見えたのだ。

私とサン゠ルーはリヴベルでの夕食に出発した。

寒くならないかな？　コートは持っていた
ほうがいい。あまり暖かくはないから

いや、構わない

その瞬間から、私は新しい人間になった。もはや祖母の孫ではないし、祖母のことなど帰るときにしか思い出さないだろう。むしろ食事を運んでくるボーイたちの束の間の兄弟になったのだ。

演奏を終えたバイオリン弾きに「ルイ金貨」を２枚もやった。ひと月も前から貯めていたものだが、何を買うためかはもう忘れていた。

私は丸いテーブルを眺めていた。それが無数に集まってレストランを満たす様子は、昔の寓意画に描かれた星々のようだった。

食事客がみんな何だか哀れに思えた。彼らにとって、丸いテーブルは星ではない、と感じたからだ。彼らは、事物から慣れた外観を剝ぎとり、予期せぬ類似を教えてくれる世界の新たな区分けを実行していないのだ。

153

サン＝ルーの御曹司よ。相変わらず
あの娼婦を愛しているみたい。大恋愛ね。

ちょっと、静かに。あたし
に気がついたわ。笑ってる。
まあ！　憶えてたんだわ

なんていい男なの！

ドルレアンと付きあってたころ、よく知ってたの

サン＝ルーにこの女たちを紹介してほしい
と思った。そして、彼女たちにデートを申し
こみ、彼女たちも承知してくれないだろうか。
実際に私がデートに行くのは断るとしても。

たまたまサン＝ルーが友人の一団と出会
い、その夜の最後を彼らと過ごすので…

一人で帰ってくれないか。僕たちは
カジノに遊びに行くから

全速力でやってくれと御者に頼んだ。

例外的な快楽を味わい、自分の人生が幸福になれると感じている
今この瞬間に、明らかな矛盾なのだが、私はその人生をためらうこ
となく偶然の事故にゆだねようとしていた。

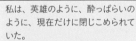

私は、英雄のように、酔っぱらいの
ように、現在だけに閉じこめられて
いた。

過去はひととき姿を消し、未来と呼ばれる
その影を、もはや私の前に投げてはいな
かった。

私は重い眠りに落ちていた。そのなかに現われてくるのは、幼年期への回帰、過ぎた歳月や失われた感情の再来、魂の離脱と転生、死者の召喚、狂気の幻影、最も原始的な自然界への退行である。

ポルト酒を飲みすぎた罰だ

午後2時！

陸地に着くのが難しい…

ルグランダンとカンブルメールは義理の兄弟でしょ？

や がてサン゠ルーの滞在も終わりに近づいた。あの若い娘たちを浜辺で見かけることは二度となかった。サン゠ルーは、午後はほとんどバルベックにいなかったので、娘たちのことに関わったり、私のために彼女たちと知りあいになることもできなかった。だが、夜は昼間より時間があり、相変わらず私をしばしばリヴベルに連れていってくれた。

あの一人ぼっちの食事客は誰？　いつもみんなが帰り始めるころに来るんだ

おや、有名な画家のエルスチールをご存じないのですか？　リヴベルの入口に立っている十字架を描いた人です。そう、あれです！　ちゃんと４つの部分が揃ってるんです！　まったく！　苦心してますよね！

スワンの友達だ。とても有名な、偉大な画家なんだよ

私とサン゠ルーは共同の署名で手紙を書いてボーイに託した。

このレストランは、初めは農園のようなものだった。エルスチールはここに暮らした最初の一人で、芸術家村を作ったのだ（だが、粗末な庇の下で野外の食事を楽しむ農園がお上品な社交場になると、芸術家たちはみんなよそへ引っ越してしまった。エルスチール自身もここから遠くない場所に妻と暮らし、妻がいないときだけリヴベルに戻ってくる）。

「海の日の出」という絵を頂いたんですが、ひと財産になりますかね？

156

私たちのエルスチールへの熱狂は、自分で思っていたような感嘆ではなかった。なぜなら私たちはエルスチールの絵を一枚も見たことがなかったからだ。それは中身のない感嘆でしかなかった。

エルスチールには許容できる交際相手がいなかったので、人を遠ざけ、孤独に暮らしていた。それを、社交界の人間は見栄と育ちの悪さだと見なし、権力者は危険思想と考え、隣人たちは狂気だと言い、親族は傲慢な自己中心主義と呼んだ。

エルスチールは私たちのテーブルに来て座り、ほんの少し話をしたが、私が何度スワンの名前を出しても、まったく返事がなかった。私は彼がスワンを知らないのだと思い始めたが、バルベックのアトリエに会いに来なさいと誘ってくれた。この招待はサン＝ルーには向けられなかった。

2、3日したらアトリエに行こうと決心したが…

その翌日のこと…

それまでの何日か、私は背の高い娘のことばかり考えていた。しかし、この日の午後から、再び気になりだしたのは、ゴルフのクラブを持ったシモネ嬢と思われる娘だった。

だが、私が一番知りあいたかったのは、ゼラニウムの花のようなピンクの肌に緑色の目をした娘だったかもしれない。

私は娘たちみんなを愛していたので、誰も愛していないともいえた。

もっとも、ある日、ある娘に会いたいと思ったとしても、彼女を除いたほかの娘たちでも、私は十分に感動できた。私の欲望は、あるときは一人の娘に、別なときは別の娘に向かったが、彼女たちを――みんなが交じりあった最初の日の情景のように――一つに集め、ほかとは隔絶した、共に生きることで活気づく小さな世界を築こうとし続けていた。おそらく、彼女たちにも共に生きようという意思があったに違いない。私は、娘のうちの誰かと――洗練された異教徒か、野蛮人に交じった小心なキリスト教徒のように――友達になれれば、若さが甦る世界に入れるはずだった。その世界を支配するのは、健康と、無分別と、官能と、残酷と、知性の欠如と、歓喜だった。

エルスチールさんに会いに行かないなんて非常識で無礼ですよ

だが、私は娘たちの群れのことばかり考えていた。

なんてお洒落なの！　毎日服を替えるのね…

…さらに新しい帽子とネクタイを送るように、パリに手紙まで書いていた。

娘たちに会えそうな時間には、あらゆる口実を設けて浜辺に出た。

もうちょっと一緒にいておくれ、ねえ！…

こんなときは、あの娘たちのせいで祖母も眼中になかった。

彼女たちがアメリカに向かうのか、パリに帰るのかも知らなかった。それだけで彼女たちを愛し始めることができた。誰でも人を好きになることはある。だが、恋愛の先駆けとなるあの悲しみ、取り返しがつかないというあの感情、あの苦悩が生まれるためには、不可能という障害が必要なのだ。

いに祖母の言いつけに従わねばならなくなった。だが、エルスチールは
堤防からかなり遠い、バルベックで一番最近できた通りの一つに住んでいるので、
それはいっそう面倒な話だった。

エルスチールの別荘はおそらく一番堂々たる醜さを備えた家だった。にもかかわらず
この家を借りたのは、バルベックのすべての別荘のなかで、広大なアトリエを提供で
きる唯一の邸だったからだ。

エルスチールのアトリエは、いわば新たな天地創造の実験室のように見えた。

160

彼が最もよく用いる隠喩の一つは、海を陸に喩えることで、両者の境界を完全に消し去ってしまう。

もちろん今アトリエにある絵は、ほとんどがこのバルベックで描かれた海景である。だが、そのすべての絵の魅力が、描かれた事物の一種の変形にあることが見てとれた。この変形は、詩の世界で隠喩と呼ばれる手法に似ていた。

例えば、エルスチールは―ほんの数日前に完成したカルクチュイの港の絵のなかで―小さな町を描くのに海の言葉しか使わず、海を描くのに町の言葉しか用いなかった。そのようにして、見る者の心を、この種の隠喩になじませていったのである。

この絵全体から、海が陸に入りこみ、陸がすでに海になり、住民が水陸両棲の動物になるという港の印象が感じられる。ともあれ、海という自然の力は至るところで炸裂していた。

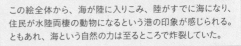

現実を前にして、知性のあらゆる観念を捨てようとするエルスチールの努力は、真に感嘆すべきものだった。彼こそまさに稀有の知性と教養を具えた人物だったからだ。その彼が、絵を描く前には、自分を何も知らない状態に置き、きれいにすべてを忘れ去ってしまうのだ（自分が知っていることは、自分のものではないから）。

ほう？　バルベックの教会で？

正面玄関に失望したと？

だが、あれは、かつて人が読むことのできた最も美しい聖書の絵解きだよ！

あの聖母像と、聖母の生涯を語る浮き彫りは、中世が聖母の栄光のために繰り広げた崇拝と賞讃の長い詩の、最も愛情豊かで、最も霊感にみちた表現だ！

聖母の体があまりに貴いので、天使たちもじかに触れることができず、あの大きな布に包んで運ぶという着想…

イエスのつかるお湯が十分に温かいかどうか、手を浸してみる天使…

雲間から出てくる天使…

天の高みからみんな身を乗りだす天使たち…

…あそこに見られるのは、天の全圏域、巨大な一個の神学的、象徴的詩篇だ。途方もなく神々しい。イタリアで見るどんなものより千倍も優れている…

…それにイタリアでは、はるかに才能の劣る彫刻家が、バルベックの三角小壁をそっくり模倣したんだ

だって、分かるだろう、すべては才能の問題なんだ。すべての人間に才能があった時代なんてない。そんなのは大嘘だ。もしそうなら黄金時代を超えてしまう

この大いなる天の情景、この巨大な神学的詩篇があそこに描かれていたことを、今の私は理解した。だが、私の目が教会の正面玄関にむかって開かれたとき、私の目は欲望でいっぱいで、それを見ることができなかったのだ。

僕はほとんどペルシア風の建物を期待していました。たぶんそれで失望したんです

いや、それはむしろ正しい意見だ

まったく東洋的な部分もあるからね

ある柱頭などペルシア的な主題を完璧に再現しているので、東洋的な伝統の名残としては説明できない

彫刻家は、船乗りが持ち帰った小箱か何かを模写したんだろう

?

あの娘さんをご存じなんですか？

アルベルチーヌ・シモネという名だ、とエルスチールは言った。彼が混同しないように、娘たちの特徴を私がかなり詳しく説明すると、それぞれの名前も教えてくれた。

毎日のように、彼女たちの誰かがアトリエの前を通ったり、顔を出したりするよ

私は娘たちの社会的地位を誤解していた。

産業界や実業界の非常に裕福なプチ・ブルジョワの子女なのに、いかがわしい世界の娘だと思っていたのだ。

祖母に命令されたとき、すぐにエルスチールに会いに来れば、たぶんもっと早くアルベルチーヌと知りあいになれたはずだ。

私は感嘆するほかなかった。フランスの
ブルジョワ社会は、最も豊かで、最も変
化に富んだ人間の彫像を作りだす、驚異
のアトリエなのだ。
顔の個性に、なんと多くの思いがけない
タイプがあり、創意工夫があることか。目
鼻立ちに、どれほどの明確さ、新鮮さ、
あどけなさがあることか！　こうしたディ
アナやニンフを生みだすけちなブルジョ
ワ老人が、この上なく偉大な彫像作家に
思われた。

アルベルチーヌは堤防にいる友達の
ところに戻ってしまったのだろう。エ
ルスチールと一緒に行っていれば、
彼女たちと知りあえただろうに。

私はあらゆる口実を考えだして、
一緒に浜辺をひと回りしようと
誘った。

> 喜んで。だが、この絵を
> 終わらせてからだ

そんなわけで、私はたまたま1枚の水彩画
を取りだした。エルスチールの生涯のずい
ぶん以前の時代のものらしかった。

肖像画の下に「ミス・サクリパン、1872年
10月」と書かれている。私は讃嘆の念を
抑えられなかった。

> おや！　つまらないものだよ。若い
> ときのひと筆描きだ。ヴァリエテ座
> の舞台衣装でね。遠い昔の話だ

> モデルの人は
> どうなりました？

> さあ、絵を早く返して。妻の帰って
> きた音がする。むろん、この山高帽
> の若い女性が私の人生で何か役割を
> 演じたというわけではないよ。だが、
> この絵を妻に見せる必要はない

> 当時の演劇に関する面白い資料
> として取っておいただけだから

> 頭しか残せないな。
> 下のほうは本当にひ
> どい出来だ。手なん
> かまるで素人だよ

エルスチール夫人の帰宅は
具合が悪かった。浜辺に出
るのがさらに遅れるからだ。

だが、夫人は長居しなかっ
た。

夫人が20歳で、ローマの野原で牛でも引
いていたら、美しかっただろう。

> わが美しきガブリエル！

後にエルスチールの神話を描いた絵を知っ
てから、夫人が美しく見えるようになった。

娘たちがまだ通りそうだと思う場所にエルスチールを引きとめておくため、どれほど知恵を絞ったことか！　浜辺の外れに向かうほうが、娘の一団と行きあう可能性が高いと思われた。

…カルクチュイの話をして下さい

ああ！

…カルクチュイに行けたらなあ！…

…と言いながら、エルスチールの「カルクチュイ港」にあれほど力強く表現された斬新な特徴が、その海岸独自の価値というより、むしろ画家の心の情景から来ていることを考えてもみなかった。

夕闇が近い。
帰らねばならない。

突然、ファウストの前にメフィストフェレスが現われるように…

彼女たちとの出会いは避けがたく、私はエルスチールが呼んでくれると思ったので、大波を受けそうになった海水浴客のように、くるりと背を向けた。
後ろで立ちどまり、骨董屋のショーウィンドーに身を屈めた。

店先を眺めながら、私の名を呼ぶエルスチールの声が、待ち望んだ無害な銃弾のように体を貫く瞬間を待った。

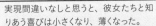

実現間違いなしと思うと、彼女たちと知りあう喜びは小さくなり、薄くなった。

エルスチールが呼ぶだろう。

?!

すべては無に帰した。

知りあいになりたかったなあ

ではなぜあんな遠くにいたんだね？

カルクチュイの話だったね。小さなスケッチを描いたんだ。それだと海岸の輪郭がもっとよく分かる

よければ、お近づきのしるしに、そのスケッチを差しあげよう

ミス・サクリパンの小さな肖像画の写真があったらぜひ欲しいんですが

それにしてもあの名前は？

あのモデルが下らないオペレッタで演った登場人物の名前だ

さっきも言ったように彼女のことは何も知らないんだ

知っていると思ってるみたいだが

でもあれは結婚前のスワン夫人じゃないんですか？

こんな風にたまたま突然、真実に出会うことはめったにない。だが、こんな出会いがあれば、後から、予感があったという説明が十分成立する論拠になる。

エルスチールは答えなかった。やはりオデット・ド・クレシーの肖像画だ。だが、オデットはこの絵を手元に置きたがらなかったのだ。

この天才が、かつてヴェルデュラン家で歓迎された滑稽で意地悪な画家などということがありうるだろうか？

私はエルスチールに、ヴェルデュラン家をご存じか、当時あだ名でビッシュ氏と呼ばれていたか、と尋ねた。

エルスチールは照れもせずそうだと答え、私の心に生まれた失望にも気づかない顔だった。だが、目を上げた拍子に、私の顔の失望を読みとった。

ビッシュさん、あの展覧会へ行ったのなら、彼の最後の作品に驚くべき名人芸以上のものが本当にあるのか、教えてください

…どんな風に描かれているかを見るため、近づきました。鼻がくっつくほど。なんと！ま、まさか！…

あのビッシュって面白い人！

…だが何で描かれているか分からない。糊か、ルビーか、石鹸か、ブロンズか、日光か、それともうんちか！…

だが、傷つけられた自尊心の腹いせではなく、私のためになるような言葉をかけてくれた。

どんな賢人でも、若い時期に、思い出すのも不愉快で、なかったことにしたい言葉を言ったり、そんな生活を送ったりしたことが必ずある…

…『夜警』と同様、いったいどんな手を使ったのか…

…レンブラントよりさらに鮮やかな手ぎわ…

まさか！…

…いい匂いがして、目がまわるわ、息切れはするわ、くすぐったいわで、何で描かれているか、お手上げです

魔術か、ペテンか、奇跡のわざか

ふざけた話だ！…

…だが、何と誠実な仕事！

…そうなんだ、家庭教師から高貴な精神や道徳的な気品を教えこまれた若者たちがいる。だが、それは空論家の無力な子孫たち、貧しい精神にすぎない。彼らの知恵は不毛なのだよ

…知恵は人から貰うものではない。自分で発見しなければならないんだ

私はエルスチールと別れた。

あの娘たちと知人になれなかったのは残念だが、ようやく今、彼女たちと再会する可能性ができた。

166

続く数日はサン＝ルーの出発準備に費やされた。

馬車でも鉄道でも、ほとんどどっちつかずでしょう

よし、それじゃ「くねくね列車」で行こう

祖母は、私の友人サン＝ルーが自分たちに多大な好意を見せてくれたので、感謝の気持ちを表わしたがった。

ええ、ブルードンの自筆の手紙よ

差しあげますからお持ちになって。そのために取りよせたの

翌日…

お祖母様に申し訳ないな

週に何度も会いにいくからね

ああ、昼食にも夕食にも来て、ドンシエールに滞在してくれよ

君も、万がードンシエールを通ることなどあったら、僕が暇な午後にでも連隊を尋ねてくれ

もっとも、暇なときはめったにないが

で、いつ尋ねて行こうか？

あんなに親切に言ってくれたのに、招待に応じないのは無礼だからね

あの娘たちの一団が通りそうな時刻でもないかぎり、海のほうばかり眺めていることはもうなくなった。

私は、これまで美があるとは思ってもみなかった場所、つまり、ごく当たり前の日用品や、「静物」の深い生命のなかに、美を探そうと努めていた。

167

サン＝ルーの出発の数日後、私はエルスチールに小さな午後の集まりを開いてもらい、アルベルチーヌに会えることになった。ホテルを出たときの私の魅力と気品ときたら、それを取っておいて、もっと価値ある女の征服に使えないのが残念なほどだった。アルベルチーヌに会える快楽が保証されてから、私の頭脳はこの快楽を案外つまらないと判断したのだった。

エルスチールの家に着いたとき、最初はシモネ嬢がこのアトリエにいないと思った。

たしかに若い女性が座っていた…が…

そう分かってもなお、私は彼女に注意を向けなかった。

…ポロ帽を被って海辺を散策していたあの自転車乗りの娘に感じた実体をそこに見ることはできなかった。

だが、それはアルベルチーヌだった。

社交界の集まりに入ると、

若い人は…

…一度死んで、別の人間になる。どんなサロンも新世界なので、人は異なった精神の遠近法に従って、客の面々やダンスやトランプ遊びに、永遠に重要であるかのような関心を注ぐ。翌日にはけろりと忘れてしまうのに。

来なさい、紹介しよう

こうした雑多な出来事が、シモネ嬢に紹介されるのと同じくらい大事なことに思えていた。

とはいえ、紹介されたことが快楽でなくなったわけではなく…

…むろん快楽を味わったが、それはもう少し後のこと、ホテルに帰って、一人になり、自分自身に戻ってからだった。快楽は写真のようなものだ。愛する人の前で撮ったものはまだネガにすぎない。その後、自分の家に帰り、あの心の暗室を使えるようになって初めて現像できるのだ。人々と会っているかぎり、暗室への出入りは「厳禁」なのである。

自分の名前が紹介者の口から響きわたるとき、とくにエルスチールがそうしたように名前が讃辞で包まれるとき—この厳かな瞬間、

お伽話の登場人物が妖精からいきなり別人になれと命令されたように—あれほど近づきたかった女性が見えなくなってしまう。

アルベルチーヌに近づいて、彼女を知れば知るほど、知ることが引き算になった。彼女の名前、彼女の近親者が、私の想像に加えられた最初の制限だった。彼女の愛想の良さもまた、もう一つの制限だった。さらに、彼女が「まったく」と言う代わりに「完全に」という副詞を使うことにも驚いた…

…あの女性は完全に頭がおかしいけれど、ともかくとても親切で…

この「完全に」の使用はどんなに耳障りであっても、文明や教養の1段階を示してはいで…

…完全に当たり前の、完全に退屈な男性なの…

…あの自転車に乗るバッカスの巫女や、ゴルフに夢中のミューズたちが到達できるとは思えないものだった。

私が初めて紹介されたこの午後の集まりについて最後につけ加えると、私はアルベルチーヌの目の下の頬に小さなほくろを探していたが、彼女がエルスチールの家から帰ってしまったあの日、そのほくろは顎の下にあったことをようやく思い出した。要するに、彼女を見たとき、ほくろが一つあるのに気づいたのだが、私の記憶はふらふらと彼女の顔の上でほくろを動かし、ここに置いたりあそこに置いたりしたのだ。

それからすぐ後のある朝…

ひどい天気！　常夏のバルベックだなんて、とんだ嘘っぱち！

午後の集まりでアルベルチーヌの「上品な物腰」に感嘆したのを思い出したが、その粗野な口調と、いかにも「娘の一団」らしい態度に、今度は逆の驚きを感じた。

ここではなんにもしないの？　ゴルフ場でも、カジノのダンスホールでも見たことがないわ。乗馬もしないのね。退屈しちゃうでしょ！

いちんちじゅう浜で日向ぼっこじゃばかになると思わない？

へぇぇ！　甲羅干しが好きなの？暇でしょう。あたしと全然違うわね。スポーツなら何でも好き！

ラ・ソーニュの競馬には行かなかった？　あたしたちはチンチン電車で行ったわ。でも分かる、あんなオンボロぐるまに乗るのが嫌なんでしょ？　２時間もかかったもの！　あたしのチャリンコなら３回も往復できたわよ

前にサン＝ルーが、無数に曲折を繰り返すローカル線をごく自然に「くねくね列車」と呼んだのには感心したが、アルベルチーヌがあっさり「チンチン電車」とか「オンボロぐるま」とか言ってのけるのには度肝を抜かれた。

あるときは頬、あるときは顎にあると記憶していたほくろは、ついに永遠に鼻の下の上唇の上に留まった。

でも、友達を放っておくと、あとで文句を言われないかな…

とんでもない。あたしなんかに用はないわよ

オクターヴ、ゴルフ帰り？

ああ！　参ったよ。びりっけつだ

アンドレもいたの？

いたよ。スコアが 77 だ

まあ！ 記録じゃないの！

ちょっと失礼

この青年には仰天させられた。衣服、その着こなし、葉巻、イギリスの飲み物、馬といったことに関しては知識が発達しているのだが、それだけで、ほかにほんのわずかな知的教養も伴っていなかった。

父親はとても金持ちの実業家。バルベックの地主組合長よ

紹介してくれればよかったのに！

だめだめ！ 女たらしなんかに紹介できないわ！

この辺は女たらしがうようよしてるの。あなたとおしゃべりなんてできっこない。ゴルフはうまいわよ。でもそれだけ。あなたと付きあえる人じゃないわ

あの野蛮人、なんていう名前？

お話し中、失礼。だが、明日ドンシエールへ行くからひと言申しあげようと思って。これ以上待たせるのは無礼だから。ド・サン＝ルー・パン・プレーが僕のことをどう思うか気になってねえ

ブロックに、私は行けないと答えた。

ご自由に。一人で行くから

なかなか美男子だとは認めるわ。でも虫唾（むしず）が走る！

美男子だなんて思ったこともなかったが、そう言われればそうだ。

友達のブロックだよ

やっぱり、ユダヤだと思ったわ。いやらしい真似をするのはいつもあの連中よ

アルベルチーヌと私は、今度一緒にどこかへ出かけようと約束して別れた。彼女と話していると、自分の言葉がどこに落ちていくのか分からなかった…

今度アルベルチーヌに会ったら、もっと大胆に振舞ってやる、と決心したのに、ふたたび出会ったときには、予定とはまったく別のことをしゃべっていた。

このとき、まもなく背の高いアンドレとも出会った。

アルベルチーヌは私を紹介せねばならなかった。

5人の男性が通る。バルベックに来てからよく見かける人たちだ。何者なのだろうとしばしば疑問に思っていた。

あんまり洒落た人たちじゃないわね。
髪を染めて黄色い手袋をしたお爺さん、
変な格好で、気取ってるでしょ。
バルベックの歯医者。でも、いい人よ

太ったのは市長

いえ、太ったちびはダンスの教師。
あたしたちに我慢ならないみたい。
こないだカジノで騒ぎすぎたから

真ん中にいるのは
サント＝クロワさん。
県会議員で、お金のために
共和派に鞍替えしたの

痩せた人はオーケストラの指揮者よ。
「カヴァレリア・ルスティカーナ」は
聞きに行かなかった？
まあ、最高だったのに！
今夜もコンサートがあるけど…

…行けないのよ。市の公会堂でやるんですもの。
カジノなら問題ないのに。
公会堂は共和派のせいで
キリストの像を撤去しちゃったから…

叔母の夫だって共和派の役所に勤めてるじゃ
ないかっていうんでしょ。でも関係ないわ。
叔母は叔母。叔母だからって、あの人を好き
なわけじゃないわ！　でも、叔母の望みは
唯一つ。あたしを追いだすことよ

あら！　アンブルサック家の
娘さんたちを知っているの？
とっても親切なんだけど、
育ちが良すぎてカジノにも
行かせてもらえないのよ

まるでねんねなの

でもそのほうが男には受ける
みたい。だってもうサン＝ルーと
婚約した子がいるんだから

?!

アルベルチーヌはエルスチールを大いに尊敬し、絵画にも詳しかった。その知識の深さは、『カヴァレリア・ルスティカーナ』に感激する程度とは雲泥の差だった。彼女の絵画の趣味は、ほとんど服飾の趣味と同じ高さに達していた。

突然、私はひどく悲しくなった。サン＝ルーが私に婚約を隠し、情婦と手を切らずに結婚するようなあくどい真似をしようとしていたからだ。

アルベルチーヌはこの娘が帽子を脱いでいることに腹を立てたのか、冷たく黙ったままだった。しかし、娘が立ち去らないので、アルベルチーヌはあるときは娘にくっつき、あるときは娘を後ろに残して私と一緒に歩いて、私と娘のあいだにつねに割って入ろうとした。

このとき、真心と愛情にみちた微笑が一瞬、輝いた。

たちまち私はのぼせ上がり、彼女は恋をするとはにかむ子なのだ、と思った。

この娘に紹介してもらうため、彼女の目の前でアルベルチーヌに頼まなければならなかった。

彼女が付いてきたのは、私のため、私への愛のためなのだ。

だが、ジゼルの目が約束していた言葉は、とうとう口に出されなかった。というのも、アルベルチーヌがしつこく二人のあいだに割りこんで、ますますぶっきらぼうな返事を続け、さらには友達の言葉にまったく返事をしなくなったからだ。ジゼルはついにその場を立ち去った。

ずいぶん意地悪な態度だったね

憎みってものを教えてやらなくちゃ

なんでべたべたくっついてくるのよ？

それにあんな髪型、大嫌い。悪趣味よ

気がつかなかったな

でも、じっと見てたじゃない。肖像画でも描くのかと思ったわよ

いずれにせよ、もうべたべたくっついてきたり、追っぱらわれたりすることもないわ。今日の午後、パリに帰るから

可哀そうに、ガリ勉させられるのよ

ホテルに帰ると、馬車を頼み、駅に向かった。

ジゼルは駅で私に会っても驚かないだろう。

174

パリ行きの汽車は車両に通路があるから、お手伝いが居眠りしているあいだに、ジゼルを通路の暗がりに連れていって…

…パリでデートすることを決めて、できるだけ早くパリに戻ると約束しよう。

それにしても、私は長いことジゼルと彼女の友人たちのあいだで迷い、ジゼルと同じく、アルベルチーヌや明るい目の女の子やロズモンドという娘の恋人にもなりたいと願っていた。それをジゼルが知ったら、

いったい、何と思うだろう！

悔恨に襲われていた。

今や相思相愛でジゼルと結ばれようというのに。

数日後、アルベルチーヌは紹介に積極的ではなかったが、私は最初の日に出会った娘のグループ全員と知りあいになった。彼女たちに頼んで、さらに2、3人の女友達にも紹介してもらった。
まもなく、私はこれらの娘たちと毎日過ごすようになった。

だが、悲しいことだ！　咲いたばかりの花にも、目に見えないほどかすかな斑点が識別される。その斑点は、事情に通じた人が見れば、すでに種になって落ちることが決まった不変の形を描いているのだ。

若い娘の横に、母親や叔母を置いてみるといい。娘の顔立ちが、たいてい醜い類型の力に内側から引きずられて、30年も経たないうちに、どれほど遠くまで行くか分かるだろう…

175

一つの植物において、花が様々な時期を経て種になるように、私はバルベックの浜辺の老婦人たちのなかに、いつか私の女友達がそうなる、かちかちの種子やぶよぶよの塊根を見ていた。

だが、それがどうした？　今は、花咲く季節なのだ。

私たちはブロックの妹たちとよく出会った。

「イスラエル連中」と
遊んじゃいけないって

それにちょっと下品ね、あなたのお友達の女の人たち…

…あの種族に関わることはみんな下品だわ

こうした信心深いブルジョワ家庭の娘たちは、ユダヤ人がキリスト教徒の子供たちの喉を掻き切ると言っても、簡単に信じるに違いない。

ブロック姉妹の従妹の一人は、レア嬢が大好きだと公言して、カジノの人々の顰蹙（ひんしゅく）を買っていた。

ブロックの父親はレア嬢の女優としての才能を高く評価していたが、当のレア嬢の好みは男性には向けられていないとの噂だった。

アンドレは、最初の日は娘たちのなかで一番冷たい人間に見えたが、じつはアルベルチーヌよりはるかに繊細だし、情がこまやかで、勘も鋭い娘だった。アルベルチーヌにも、姉のようにやさしいいたわりと情愛で接していた。

ねえアンドレ、何ぐずぐずしてるの？
ゴルフ場のお茶会に行くんでしょ

いいえ、残ってこの方とお話しするわ

でも、デュリュー夫人のお呼ばれなのよ！

あらあら、聞き分けのないことを言わないで

どうぞご勝手に。私、急ぐからね。だって、あなたの時計は遅れてるみたいだもの

可愛い人なんだけど、ちょっと変わってるの

遊びに目がないという点で、アルベルチーヌは、どこか最初のころのジルベルトに似ていた。そうなるのは、我々が次々に好きになる女たちのあいだには、変化しながらも、ある種の類似性が存続するからだ。

雨の日以外は、自転車に乗って、娘たちと崖の上や野原に出かけるので、私は1時間も前からお洒落に耽り、フランソワーズが必要な品物を用意していないと文句を言った。

フランソワーズ、上着が見つからないよ

埃だらけにならないように、しっかりとしまっておいたんです

どうやったらこれほど散らかせるんでしょうね

こんなごたごたを相手にできる女がいたら教えて下さいな。悪魔だってお手上げですよ

バルベックにいるのに、お休みなんかありゃしない

ご要望のチェシャーチーズとサラダのサンドイッチです

タルトはちゃんと買ってくれた？

もちろん

でも、なんてけちな娘たちなんでしょう。順ぐりにお金を出しても罰はあたりませんよ

私たちは出発した。

以前の私なら、こんな散策は悪天候のときにこそ行なっただろう。そのころは、バルベックに荒々しい「キンメリア人の土地」を見ていたからだ。そこには上天気の日など存在してはならなかった。それは、霧に覆われたこの古代の地方への俗悪な海水浴客の侵入と同じく、あってはならないものだった。

だが今は、かつて軽蔑し、視界から遠ざけていたすべてのもの、太陽光線の効用からボートレースや競馬までを、激しく求めるのだった…

同じ理由で、女友達と一緒に時々エルスチールにも会いに行った。

エルスチールが好んで見せてくれるのは、美しいヨット乗りの女のスケッチや…

競馬場の広大な光のなかでは、すべての物が変容をとげる。みんな仰天するんだ、あれほど多くの影と光の反射には

それしか見えないんだから！

とくに最初の競技会は素晴らしかった

…バルベックの近くの競馬場で描いた素描などだった。

…あんな光… ああ！あれこそ描きたいものだ

そしてボートレース！…

エルスチールが競馬以上の情熱を見せたのは、ヨットの競技会だった。

そして私は理解した。ボートレースや水上スポーツの競技会は、現代の画家にとって、ヴェロネーゼやカルパッチョがあれほど熱中して描いた宴と同じように興味深い題材であることを。

君の比較はまったく正しいよ。あの画家たちが宴を描いたのはヴェネツィアだが、この都市では、宴は水上でも行なわれたからね

179

ここと同じく水上での槍試合があって、それはたいてい海外からの使節を歓迎して催された。カルパッチョが「聖女ウルスラ物語」で描いているように

ヴェネツィアに行けたらなあ!

そのうちきっと、あの都市で人々が身につけていた素晴らしい布地を見る機会があるだろう

もうヴェネツィア派の絵画のなかでしか見られないがね

だが、そうした布地作りの秘法を、ヴェネツィアのフォルトゥーニーとかいう服飾研究家が甦らせたらしい

正直言って、私は、ヴェロネーゼの時代、いやカルパッチョの時代と比べても、現代のモードのほうが好みだな

ヨットで美しく映えるのは、無地で、簡素で、明るい、灰色のものだね。青みを帯びた曇り空の下で、柔らかなクリーム色になるからね

ヨットに乗る女性の服装も同じだよ。優雅で気品があるのは、軽くて、白い、無地の、薄くて平織りの綿か麻、縦縞に映える絹織物、あるいは上等のデニムかな。陽光を浴びて、海の青を背景にすると、白帆と同じまばゆいばかりの白になるんだ

でも、正しく装える女性はほとんどいない。見事な女性は何人かいるがね。競馬場で、レア嬢が小さな白い帽子をかぶって小さな白い日傘を差していた。あれは惚れ惚れする眺めだったな

180

ほら、その帽子と日傘がどんなだったか、このお嬢さんはもう分かっている

お金持ちになってヨットが欲しいわ！どんなに素晴らしい旅ができるかしら！

それに自動車も！

自動車用の女性のモードは素敵だと思います？

いや、でもいずれそうなるだろうね。ともかくデザイナーがほとんどいない。一人か二人。カロ、ドゥーセ、シェリュイ。パキャンがそこそこ。あとはひどいものだ

そんなに違うの？

月とスッポンよ、いかれポンチね

あら！　失礼！

まったくその通り。ランスの大聖堂の彫像とサン＝トーギュスタン教会ほど深遠な違いとは言わないがね

そうそう、教会といえば、この前バルベックの教会が巨大な断崖のようだと話したね。だが、逆なんだよ。この断崖を見たまえ

このすぐ近くのレ・クルーニエで描いたスケッチだ

…よく見て。この力強く繊細に彫りあげられた岩は、いかにも大聖堂を連想させるだろう

アルベルチーヌとアンドレは、私がこの断崖に何度も行ったはずだと断言した。だが、そのときは、この断崖の眺めが後にあれほど強烈な美への渇望をかき立てるとは思わなかったし、想像もしなかった。

181

近くの農園レストランでお茶とおやつをとる日もあった。レ・ゼコール、マリー゠テレーズ、クロワ゠デルラン、バガテル、カリフォルニー、マリー゠アントワネットといった名の農園がある。

娘の一団が選んだのはマリー゠アントワネットだった。

だが、ときには農園に行かず、断崖の天辺まで上ることがあった。

近寄って並んだ娘たちの、寄せあった顔と顔を隔てる空気が青空の小道を描いていた。庭師が薔薇の茂みの真ん中を歩きまわるため、わずかな隙間をあけようとして作った小道のようだった。

ほとんどの娘たちの顔はまだ夜明けのぼんやりした赤い色に溶けこんでいて、本当の顔立ちは現われていない。

だが、その瞬間はすぐに来る。もはや期待できるものは何もなくなり、何の驚きも生まない不動のなかで肉体が凝固するのだ。

この輝かしい朝はあまりに短いので、人々は若い少女ばかり愛するようになる。

私は少女たちのさえずりをうっとりと聞く。

赤ん坊には乳の消化を助ける液の出る腺があるが、大人になるとなくなるように、この少女たちのおしゃべりには、大人の女からは消えてしまう音色があった。

食べ物がなくなると、遊びに興じた。私がこれまで下らないと思っていた遊びだ。

「城たおせ」ね！

だめ！「にらめっこ」よ！

これらの女友達と「イタチまわし」や「なぞなぞ」遊びをするためなら、社交界のパーティも、ヴィルパリジ夫人との散策も、その他のことも犠牲にしただろう。

ヴィルパリジ夫人やサン゠ルーと一緒だったら、自分が実際に感じたよりずっと大げさな喜びを言葉で表わしただろう。逆に、この娘たちに交じって寝転がっていると、自分の感じる満足が言葉の貧しさや不足をはるかに超えて、幸福の波となって溢れだし、この若い薔薇たちの足元にひたひたと寄せて、消えていくのだった。

ある日…

誰か、鉛筆持ってる？

アンドレが鉛筆、ロズモンドが紙を渡した。

よろしいこと、これからわたくしが書きしるす事柄をご覧にならないで

見られないようにしてね

あなたのこと嫌いじゃないわ

je vous aime bien.

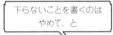

下らないことを書くのはやめて、と

…ジゼルが今朝あたしに書いてきた手紙を見せてあげるわ

ジゼルは中学の修了試験のために書いた小論文をアルベルチーヌに見せるべきだと考えたらしい。

課題「ソポクレスが地獄からラシーヌに書き送り、『アタリー』の失敗を慰めた手紙」

アルベルチーヌと一緒に僕の恋物語を作ることになるだろう

ある午後、「イタチまわし」をして遊んだ…

アルベルチーヌの隣に座った若い男を眺めながら、羨ましく思っていた。あの男の場所にいれば、思いがけぬ時間のあいだ
彼女の手に触れられる。こんな時間はもう二度とないはずだ。

アルベルチーヌの手に触れられるだけで、甘美な気持ちに包まれるだろう。アルベルチーヌの手の圧迫感には官能的な
柔らかさがあった。そんなふうに圧迫されると、この娘のなかに、その官能の奥深くに入りこむような感じがするのだ。
そうした感覚は、鳩か何かの鳴き声のように淫らな、彼女の笑い声の響きのなかにもあった。

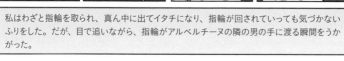

私はわざと指輪を取られ、真ん中に出てイタチになり、指輪が回されていっても気づかない
ふりをした。だが、目で追いながら、指輪がアルベルチーヌの隣の男の手に渡る瞬間をうか
がった。

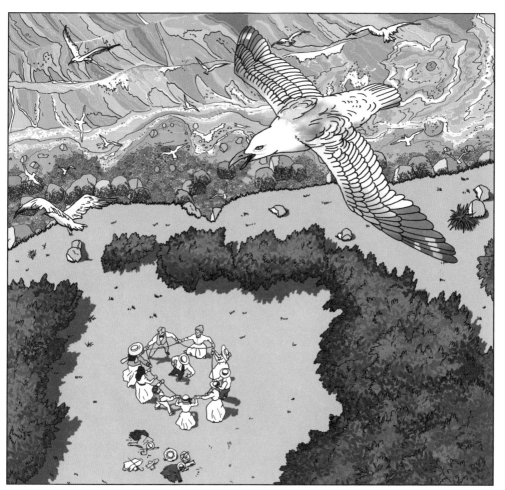

ちょうどここもきれいな森ね…

「い・た・ち・が・い・く・よ
き・れ・い・な・も・リ・を…」

君の編んだ髪は、ラウラ・ディアンティか、
エレオノール・ド・ギュイエンヌか、その末裔で
シャトーブリアンに熱愛された女性みたいだ

いつもちょっと垂らしておくといいね

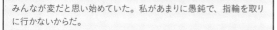
みんなが変だと思い始めていた。私があまりに愚鈍で、指輪を取り
に行かないからだ。

突然、指輪がアルベルチーヌの
隣の男に渡った。

慌てて…

仕方なく男は私に替わって人の輪の
中央に行き、私がアルベルチーヌの
横に立った。

私の手にアルベルチーヌの手がやんわりと押しつけられ、
愛撫するような指が私の指の下に滑りこんでくるのを感じた。

この遊びを利用して、
僕を愛してるって教えて
るんだな

…同時に、人に見えないように目配せしたのも分かった。

早く受けとってよ。
さっきから渡そうと
してるのに

イタチが指輪に気づき、

再び真ん中に戻らねばならなかった。

真剣にやる気がないなら、ゲームに
入らないで。ほかの人がしらけるわ

アンドレ、今度やるときはこの人を
誘うのをやめましょう。さもなきゃ
あたしがやめるわ

アンドレはアルベルチーヌの非難の気まずさを和らげようとした。

あなたがあんなに見たがったレ・クルーニエはすぐ近くよ

ねえ、そこまで連れてってあげる。きれいな小道を通るの。子供の遊びははばかな人たちに任せておきましょうよ

アンドレがあんまり親切にしてくれたので、道々、アルベルチーヌから愛してもらうのに適切だと思えることを話してみた。

自分もアルベルチーヌは大好きだ、とアンドレは答えた。しかし、アルベルチーヌへの讃辞はあまり気に入らないらしかった。

不意に…

？

幼いころの甘い思い出が胸を突き、立ちどまった。

さんざしの茂みに気づいたのだ。残念ながら、春の終わりから花は落ちていた。

私の周りに、かつてのマリアの月、日曜の午後の雰囲気が立ちこめた。

アンドレはやさしく私の心を察し、しばらくさんざしの葉と話をさせてくれた。

アンドレに追いつき、アルベルチーヌへの讃辞を再開した。

こうすれば必ず伝えてくれると思ったのだ。

だが、それがアルベルチーヌに届いたという話は聞かなかった。

アルベルチーヌと私の恋の可能性について、アンドレが言ってくれる素敵な言葉を聞いていると、彼女はこの愛の実現のために全力を尽くしてくれたに違いないと思う。

アンドレが善意を見せる洗練された千変万化の技巧は、アルベルチーヌにはとても真似のできないものだが、後にアルベルチーヌの深い善意を信じたようには、私はアンドレの善意を信用できなかった。

ほら、ここが例のレ・クルーニエよ

でも、運が良かったわ。エルスチールが
描いたのとちょうど同じ天候、同じ光ですもの

だが私は、「イタチまわし」で希望の絶頂から墜落して、まだ悲嘆に
暮れていた。

「イタチまわし」の数日後、散策で遠くまで
行きすぎて、小さな二人乗りの「樽型馬車」
を2台見つけたときはとても嬉しかったが…

…ロズモンドと乗ろうか

アンドレでもいいけど…

…気乗りはしないかもしれないが、アルベルチーヌと
同乗しなくてはいけない、とみんなに言わせるように仕
向けた。仕方ないと諦めたふりをして、私は彼女と同
じ馬車に乗った。

次の週は、
ほとんどア
ルベルチー
ヌに会おう
としなかっ
た。アンド
レのほうが
好きだとい
うふりをし
た。

アンドレにアルベルチーヌの話をするときも、冷
淡さを装った。アンドレは信じたように見えた
が、その見かけに私がだまされたほど、彼女は
私の冷淡さにだまされてはいなかっただろう。

分かってるわ。アルベルチーヌが好きなのね。
彼女の家族とお近づきになるために、あらゆる手を
尽くしてるじゃない

188

「イタチまわし」で遊んだ日から、ひと月ほど経って…

アルベルチーヌは叔母のボンタン夫人の家に二日間行くらしいよ。
早朝の汽車に乗るから、前日はグランド・ホテルに泊まるんだって

全然信じられないわ

本当だとしても、何にもあなたの得にはならないわよ。だって、アルベルチーヌが
一人でホテルに泊まるなら、あなたに会おうとはしないに決まってるもの

道に外れることになるからよ

まあ、あなた方が会おうと会う
まいと、私には関係ないわね？
どうでもいいことだわ

そこにオクターヴが
来て…

次にアルベルチーヌも…

ヴィルパリジ夫人があなたのお父さんに苦情を言ったみたいよ。
今後、堤防の上で「独楽飛ばし」をしないようにって

…夫人の顔に
独楽をぶつけたの
がいるの

聞いた。ばかなことをしたよ。
それでなくともここは遊びが少ないんだ

でも、どうしてその人はうるさく言うのかしら。
年寄りのカンブルメール夫人だって独楽をぶつけられたけど、
文句は言わなかったでしょう

オクターヴが去り、アンドレとも別れた。アルベル
チーヌと二人きりになった。

分かる？　髪型をあなたの好みに変えてるの。
この髪の房を見て。誰のためにこうしてるか、
誰も知らないわ。叔母も私をひやかすでしょうけど、
叔母にだって訳は言わないわ

みんなが噂している旅の予定は本当なのか、
と尋ねた。

ええ、今夜、あなたのグランド・ホテルに泊まるわ。
それにちょっと風邪ぎみだから、夕食前にベッドに入るわ。
夕食のとき、ベッドの横に来て見ていてね。その後で、
一緒にあなたの好きなことをして遊びましょう

早く来てね

二人だけの時間が
たっぷりあるように

祖母と夕食に行ったとき、自分は心の底
に祖母の知らない秘密を隠していると感
じていた。

このすぐ後に何が起こるのか、私にもまだ
よく分からなかった。

いずれにせよ、グランド・ホテルもその夜の時間ももはや空っぽには思えず、幸福を秘めていた。

踊り場からアルベルチーヌの部屋に向かう数歩、誰にも止めることのできないこの数歩を、私は心躍らせながらも、注意して進んだ。

それから突然思った。疑ったのは間違いだ、彼女はベッドに入っている時間に来るように言ったではないか。

頬の上から下まで、カールした長い黒髪の房が掛かっていたが、私を喜ばせるために、その髪の房をすっかりほどいていた。

私は、バラ色をしたこの未知の果実の香りと味を知ろうとした。

私がキスするため抱きつこうとするのを見ると…

やめて、呼び鈴を鳴らすわよ

しかし、何もしないことはありえない、と私は思った。若い娘が男をこっそり呼びよせたのに…

ガラガラン

ガラン ガラン ガラン ガラン

アルベルチーヌは力一杯呼び鈴を鳴らした。

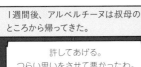

1週間後、アルベルチーヌは叔母のところから帰ってきた。

許してあげる。
つらい思いをさせて悪かったわ。
でも、二度としないでね

私の夢想は、女性の肉体をものにする願望とは関係ないと思っていたが、その望みから養分を吸収できなくなると、アルベルチーヌから離れてしまった。
そしてすぐに自由になって、彼女の友達の誰かれに移っていった。

アルベルチーヌは私を喜ばせることができなくて可哀そうに思ったのだろう。私に小さな金のシャープペンシルをくれた。

とても嬉しいけど、
キスさせてくれたら、
もっと嬉しかったんだけどな

…本当に幸せになれたと思うよ。
キスくらいいいだろう？
はねつけられたんでびっくりしちゃったよ

私のしたことに驚くなんて、
いったいどんな女の子と
付きあってきたのかしら

大したことじゃないと思うけどなあ…

…キスされたって、それ以上のことだって、友達となら。
だって、君は僕のことを
友達だって言っただろう

友達よ。
でも、あなたの前にも
友達はたくさんいたの

でもね、あんなことをしようとした人は
一人もいなかったわ

往復びんたを食らうって
分かっていたからね

私のことなんかどうでもいいんでしょ。
あなたが本当に好きなのはアンドレなのよね

でも、仕方ないわ。アンドレは私よりずっと
やさしいし、とっても魅力的だしね！

ほんとに！　男って！

この娘たちとおしゃべりし、おやつを食べ、ゲームをして過ごした長い時間のあいだ、私はすっかり忘れていた、

彼女たちが、壁画のなかの人物のように、海を背景に堂々と進んでいった、情け容赦のない、官能をそそる処女たちであったことを。

要するに、遠くからは美しく神秘的に見える物や人間のすぐそばまで近よって、それが神秘的でも美しくもないことに気づくのは、人生の問題を解決するごく普通のやり方なのだ。

それは選択可能な健康法であり、あまりお勧めできないかもしれないが、人生を過ごすにも、死を受けいれるにも、それなりの落ち着きを与えてくれる方法だ。

アルベルチーヌが最初に、突然いなくなった。

あの娘はなんにもかんにも言わずに行っちゃいましたね

乙女たちはバルベックを去った。全員一緒ではないが、同じ週のうちに発った。

ローカル線は利用客が減り、次の春まで運行をやめた。

ここに来る便通の手段がなくなったんです

援軍がいささか不足でした

でも見ててください。来年はわが軍団を結束させますから

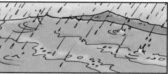

時おり雨が土砂降りになり、カジノも閉まっていたので、私と祖母は、大風のとき船倉の底に閉じこめられるように、ほとんど空っぽの部屋に足止めを食った。

レンヌの裁判所長、カーンの弁護士会長、アメリカのご婦人と娘たちなどが私たちのところにやって来て、おしゃべりを始めたり、退屈をまぎらす方法を考えだしたり、特技を披露したりした。

結局、私はバルベックをほとんど楽しむ
ひまがなかった。そのため、ここにまた
来たいという欲望が募った。

来年はもっといい部屋
を取っておきますよ

だが私はいまや自分の部屋に愛着を
感じ、なかに入るときも防虫剤の臭
いをもう感じなかった。

寒さと湿気が身に応えるものになって、バルベックを去るべき時が来ていた。とはいえ、この数週間のことを私はたちまち
忘れてしまった。

バ ルベックのことを考え るとき、たいてい思い浮かべ るのは、夏のシーズン真っ盛 りに、午後はアルベルチーヌ や女友達と外出するので、祖 母が医者の命令に従って、無 理やり私を暗がりに寝かせて いた時間のことだ。

娘たちが堤防の上にいるのは分かっていたが、姿は見えない。彼女たちがそこにいる のを感じ、その笑い声が、海の女神ネレイスたちの笑いのようにやさしい波音に包ま れて、私の耳元まで上ってくる。

私は大きな紫のカーテンを閉めっ放しにしていた。さらに フランソワーズはカーテンをピンで留め、あちこちから集 めてきた布切れを当てがっていたが、暗闇は完全ではな かった。

あなたが降りてくるかどうか、私たち見てたのよ。 でも、コンサートの時間になっても、あなたの部屋の 鎧戸は閉まったままだったわ

正午の鐘が鳴ると、ようやくフランソワーズがやって来る。

フランソワーズが覆いを取った夏の光は、何千年も経た豪奢なミイラと同じく、死んだ太古のものだが、老女中が注意深く布を 1枚ずつ剝がすと、金色の衣に包まれ香り高く保たれた姿を露わにしたように思われた。

FIN

マルセル・プルースト

Paris, le 10-7-1871 — id., le 18-11-1922.

マルセル・プルーストは、1871年7月10日、パリ16区オートゥイユ地区のラ・フォンテーヌ通り96番地で生まれ、1922年11月18日、パリ16区のアムラン通り44番地で亡くなる。享年51。

プルーストの家庭は裕福なブルジョワだった。父のアドリアン・プルーストは衛生学を専門とする医師で、きわめて評判が高く、パリ大学医学部教授と国際医療機関総監を務めた。マルセルはごく若いころから貴族のサロンに出入りし、社交界で芸術愛好家としての生活を送り、ここで多数の芸術家や作家と知りあった。

マルセルは評論やエッセーを書き、詩や短編小説を集めた『楽しみと日々』、評論と戯文をまとめた『模作と雑録』、英国の作家ジョン・ラスキンの『アミアンの聖書』の翻訳などを刊行し、1895年には最初の長編小説『ジャン・サントゥイユ』の執筆にかかるが、途中で放棄する（この未完の小説が刊行されるのは、マルセルの死後30年経った1952年のこと）。そして、1907年から『失われた時を求めて』の執筆を開始する。この作品は1913年から27年にかけて刊行され、次の7巻からなる。

スワン家のほうへ（1913）
花咲く乙女たちのかげに（1919）
ゲルマントのほう（1920-21）
ソドムとゴモラ（1921-22）
囚われの女（1923）
消え去ったアルベルチーヌ（1925）
見出された時（1927）

第1篇『スワン家のほうへ』は、第1部「コンブレー」、第2部「スワンの恋」、第3部「土地の名―名」の3部からなる。

第2篇『花咲く乙女たちのかげに』は、第1部「スワン夫人をめぐって」、第2部「土地の名―土地」の2部からなり、1919年のゴンクール賞を受賞し、最後の3巻、『囚われの女』『消え去ったアルベルチーヌ』『見出された時』は作者の死後に出版された。

『失われた時を求めて』は、語り手（私）の1人称で物語られる小説だが、1880年代のパリを舞台とする「スワンの恋」は、語り手の誕生以前の出来事を扱うので、例外的に3人称を基本として物語られている。

マルセル・プルーストは病弱で、生涯にわたって重い喘息に苦しんだ。1922年、エチエンヌ・ド・ボーモン伯爵邸の夜会で寒気に襲われて体調を崩し、気管支炎をこじらせて、11月18日、死亡する。遺体はパリのペール＝ラシェーズ墓地（85区画）に葬られた。

「プルーストの質問表」

「プルーストのマドレーヌ」（「コンブレー」）や「カトレヤする」（「スワンの恋」）といった表現と同じく、「プルーストの質問表」という言葉も一般的な慣用句として使われている。しかし、この質問表はプルーストが作成したものではなく、イギリス由来の「告白」と呼ばれる遊びで、「あなたの好きな美徳は？」「あなたの好きな色と花は？」といった20〜30個の質問に答えさせる一種のアンケートである。プルーストは少なくとも2度、この質問表に答えている。最初の答えは13歳のときで、幼なじみのアントワネット・フォールのアルバムに記されており、2度目は20歳のときに書かれたものだ。この2種類の質問表と回答は似通ってはいるが、完全に同じではなく、コルブ＝プルースト・アーカイヴのウェブサイトで読むことができる。

https://www.library.uiuc.edu/kolbp/proust/qst.html

スワン夫人をめぐって その1

p.10

ジョッキー・クラブ：このフランスの社交クラブは、

1834年に「馬種改良助成協会」によって設立され、1836年に創始された競馬レースの「ジョッキー・クラブ杯」を後援していた。

　プルーストはこのクラブを、社交界の最も閉鎖的なサークル、エリートの聖域であるとして作中で何度も言及しているが、このクラブの会員の大多数が貴族の出自であるにもかかわらず、シャルル・スワンは実際にその会員になることができた。このクラブは貴族だけの独占物ではなかったのだ。

＊トウィックナム：ロンドン近郊の町で、二月革命でフランスから亡命した王位継承者のパリ伯爵が住んでいたことから、フランス王党派の拠点だった。スワンがパリ伯爵と交友関係をもっていたことが暗示されている。

謙虚で寛大なあの芸術家たち：とくに園芸好きの画家

クロード・モネを示唆する。

　プルーストはモネに会うために、その住居と庭園のあるジヴェルニーを訪れようとしたが、健康上の理由で諦めねばならなかった。この画家の庭園は、季節の変化にしたがって完璧な色彩の調和を実現するように作りあげられ、そのころすでに絶讃を博していた。プルーストは1907年6月15日付「フィ

ガロ」紙の文芸特集号に載ったノアイユ伯爵夫人の詩集『眩暈（めまい）』の書評のなかで、この印象派の巨匠の作庭の意図をこう説明している。

　「最後に、ジャン・ボニー氏の力添えのおかげで、私がいつの日かクロード・モネの庭園を見ることができたら、そこに見られるのは、花の庭というよりは色調と色彩の庭、昔の花屋の庭というよりは色彩画家の庭であり、いうなれば、花々は自然の統一感とはいささか異なる統一感のなかに配置されているのだろうと感じる。というのも、その花々は、色あいが巧みに組みあわされ、青あるいはバラ色の広がりのなかで無限に調和しており、そうした花々だけが同時に咲くように植えられているからだ。そして、それらの花々は、力強く表明されたこの画家の意図によって、色彩以外のあらゆる要素をいわば非物質化されているはずだ。それこそが地に咲く花であり、水に咲く花でもあり、巨匠が崇高なキャンバスに描きだすあの優美な睡蓮たちなのだ。この庭（絵のモデルというよりまさに芸術の自然への転位であり、偉大な芸術家の目の前に輝く自然のなかで、すでにじかに制作された絵画）は、生きている最初のスケッチであり、少なくとも、調和した色調が乗せられて、すでに絵を描く準備の整った、甘美なパレットといってよいだろう…」

　プルーストは、モネのジヴェルニーの庭園の池から着想を得て、『スワン家のほうへ』のなかでコンブレーのヴィヴォンヌ川に浮かぶ睡蓮の花を描きだしている。「…まるで庭のパンジーが蝶のようにそこにやって来て、その青っぽく冷たく輝く翅（はね）をこの水の花壇の透明な斜面で休めているかのようだった。それはまた天空の花壇でもあった。（…）その花壇は、大空に睡

蓮の花々を咲かせているように見えるのだ」

p.12
ノルポワ侯爵（p.23以降の会話場面も参照）：「ノルポワ気どり」という表現は、フランス外務省で、同僚外交官の大げさな口調と訳の分からない分析を非難するために今でも使われるかもしれない。

「五月十六日事件」は、1877年に王党派の大統領マクマオン元帥と共和派多数の下院が対立した政変で、王党派が敗北したにもかかわらず、ノルポワは大使の地位を保持した。

ノルポワ侯爵はテオドシウス王（架空の人名）のパリ訪問の意義を分析しているが（p.27）、これは、1896年10月6日から8日までパリを訪問したロシア皇帝ニコライ2世をモデルにしている。ニコライ2世はフランス大統領官邸で乾杯の祝辞を述べ、「我々二国間を結ぶきわめて重大な絆」と「軍事的同胞性」がこの両国を結合させ、かくて先祖代々のあの敵（ドイツ）を挟み撃ちにする同盟を固めうるのだとほのめかした。

語り手（私）の父親が言及している電報（p.27）とは、おそらく、1895年にドイツ皇帝ヴィルヘルム2世がかつての宰相ビスマルクに送った電報のことで、ビスマルクの軍備政策を賞讃している。

1890年代半ば、ビスマルクがかつてフランスを孤立させるために立てた軍事体制は揺らいでいた。ビスマルクの後継者である宰相カプリヴィは、ロシアとの再保障条約を更新しないと決定したため、フランスとロシアの同盟が可能になっていた。その後、1904年に、フランスとイギリスは英仏協商を締結し、フランスびいきのエドワード7世（かつてのプリンス・オヴ・ウェールズ＝英国皇太子）は大いに喜んだ。さらにのちの1907年、イギリスとロシアも英露協商を結び、英仏露の三国協商が成立する。本書フランスコミック版からは省略したが、プルーストの原著には、次のようにノルポワがこの三国の同盟関係を予言するユーモラスな一文がある。

「外務省では肝に銘じておくべき点がある。今後、その点に関して不完全なすべての地理の教科書にも明記して、大学入学資格試験で次のように答えられない受験者はすべて容赦なく落第させるべきだ。つまり、すべての道はローマに通ずとはいえ、パリからロンドンに行く道は必ずやペテルスブルクを通るのだ、と」

p.12、p.15、p.18に出てくるノルポワと語り手（私）の父親が出席する「委員会」とは、おそらくコレラの伝染予防に関する国際会議でカミーユ・バレールが委員長を務めたフランス代表の委員会のこと。この国際会議は8回開催された。衛生学者であるプルーストの父親はこの委員会できわめて重要な役割を果たし、コレラの主要な発生源であるエジプトとトルコを包囲する防疫線の確立を実現させた。この成果の実現のためには、並々ならぬ科学的研究と、イギリスおよびオスマントルコ帝国を説得するための多大な外交的努力を必要とした。

p.14
ボタンをきっちり掛けている：その話に秘密が多く、謎めいていて、自分の考えを明確にせず、感情を外に出さない人を示す表現。

パレ＝ロワイヤル座の役者：リュシアン・ギトリ（1860-1925）のこと。劇作家、俳優、映画監督であるサシャ・ギトリの父。大女優サラ・ベルナールに匹敵する男性の俳優と見なされ、その時代の最も有名な喜劇役者であった。

p.15
「マチネー」：「午前中」を意味する言葉だが、演劇界では、午後に行なわれる公演のことをいう。夜に行なわれる公演は「ソワレ」。

＊ラ・ベルマ：架空の大女優だが、実在の名女優サラ・ベルナールやレジャーヌをモデルとして造形されている。

「両世界評論」：1829年にプロスペル・モロワとピエール・ド・セギュール＝デュペロンによって創刊された雑誌で、「政治、行政、風俗の選文集」として構想され、ヨーロッパ大陸諸国とアメリカ大陸との関連を視野に入れつつフランスに思想的論壇を作ることを目指した。19世紀の偉大な著作家たちの表現活動の拠点と

なり、その誌面の中心をなすのは文学だった。現在も発行されているヨーロッパ最古の雑誌の一つ。

p.16
『アンドロマック』：1667年初演。ジャン・ラシーヌ作の5幕の悲劇。次の有名な文句がこの戯曲の物語を要約している。「オレストはエルミオーヌを愛し、エルミオーヌはピリュスを愛し、ピリュスはアンドロマックを愛し、アンドロマックはエクトールを愛し、エクトールは死ぬ」

『マリアンヌの気まぐれ』：1833年に「両世界評論」に発表されたアルフレッド・ミュッセ作の2幕の散文劇。オリジナル版は当局の検閲で不道徳だと見なされ、多くの書き直しが求められたのち、1851年に初めてコメディ゠フランセーズ（p.22の原注を参照）でオリジナル版が上演された。

『フェードル』：1677年初演。ジャン・ラシーヌ作の5幕の悲劇。古代ギリシアの神話に着想を得て、アテネの王テゼーとアマゾン族の女の息子であるイポリットに対して、テゼーの妻で義理の母であるフェードルが抱く道ならぬ恋を描く。ラシーヌの戯曲では最も上演回数が多く、彼の最高傑作と見なされている。

フラリ教会のティツィアーノ：語り手（私）はヴェネツィアに行き、フラリ教会にあるティツィアーノ・ヴェチェッリオの中央祭壇画「聖母被昇天」を見ることを夢見ている。

サン・ジョルジョ・デリ・スキアヴォーニ同信会のカルパッチョ：同じくヴェネツィアのサン・ジョルジョ・デリ・スキアヴォーニ同信会の教会には多くのカルパッチョの絵画が展示され、とくに有名なものは「聖ゲオルギウス、聖トリュフォン、聖ヒエロニムスの連作」。

＊「急な旅立ちで、お別れですのね、殿下…」：『フェードル』の第2幕、第5場でフェードルがイポリットに言うセリフ。p.20〜21のラ・ベルマのセリフへと続き、不義の恋と母性愛にひき裂かれたフェードルの苦衷を表わす名場面として知られる。

ブールヴァール劇場：ブールヴァール（大通り）の芝居とは、18世紀末から私営の劇場で盛んに上演された、もっぱら娯楽を目的とする演劇の呼称だが、一部の戯曲作者はそこに社会批判を盛りこもうとした。ブールヴァールの劇場はパリのタンプル大通りに集中し、し

きりに犯罪ドラマを上演したため、この通りは「犯罪大通り」とあだ名された。19世紀末にはここで「ヴォードヴィル劇」が発展するが、これは娯楽を主とするものの、犯罪ドラマの要素は薄くなる。

p.17
＊アナトール・フランス：この時代で一番有名な小説家（1844-1924）。代表作に『シルヴェストル・ボナールの罪』『神々は渇く』など。

＊ジャンセニスム：オランダの神学者ヤンセンが唱えたカトリック信仰のなかでもとくに厳格な教義で、ラシーヌはその影響を受けているとされる。

＊トロイゼンとクレーヴの奥方：トロイゼンは『フェードル』の舞台である古代ギリシアの町で、「トロイゼンの奥方」とはフェードルのこと。クレーヴの奥方は、17世紀フランスのラ・ファイエット伯爵夫人が書いた同名小説のヒロイン。ともに17世紀を代表する、かなわぬ恋に苦悩する女性像。

＊ミュケナイ：古代ギリシアの都市国家で、アガメムノン王の居城があった。アガメムノン殺害に始まるいわゆる「アトレウス家の悲劇」の舞台。

＊デルポイ：古代ギリシアの都市国家で、巫女がアポロンの神託を下す神殿がある聖地。

p.18
レ・アル：1181年に聖ラザロ療養所（ハンセン病患者の収容施設）跡に作られた中央市場のある地域の名前（現在のパリ第1区）。中央市場の敷地は、東はサン゠ドニ通り、南はフェロヌリ通り、西はトネリリ通り、北はグランド゠トリュアンドリ通りに面している。フランソワーズがよく通うこの巨大な食料市場は、エミール・ゾラの小説『パリの胃袋』の主な舞台で、建築家ヴィクトル・バルタールがサン゠トゥスターシュ大寺院のすぐそばに、1857年から1874年にかけて、鋳鉄の骨組みとガラスでできた12の棟を建設した。それらの棟は屋根つきの通路で相互に連結されていた。しか

し、巨大化したパリの食料を供給しきれなくなったため、1971年から1973年にかけて解体され、中央市場はパリ中心部からパリ南郊の町ランジスに移転した。

p.19
ミケランジェロ：(1475-1564)。「イル・ディヴィーノ（聖なる巨匠）」と呼ばれ、原石の塊から彫りだす巨大な彫像が賞讃の的となる。ミケランジェロはその大理石を選ぶために、トスカーナのアプアーノ・アルプス地方にあるカラーラの山中まで7、8回赴いた。教皇ユリウス2世は自分の墓の設計と彫刻をミケランジェロに命じたが、この壮大な構想の霊廟が未完成に終わったため、ユリウス2世の遺体はサン・ピエトロ大聖堂の簡素な墓石の下に葬られた。

ネヴヨークのハム：「ネヴヨーク」は「ニューヨーク」を発音するフランソワーズのなまり。ただし、このハムはイギリスの「ヨーク」の名産物であって、「ニューヨーク」とは関係がない。

「幕開き」：フランスの劇場で、主要な演目が上演される前に演じられるちょっとした出し物。

p.22
最下段のコマの左側の建物：コメディ＝フランセーズ（フランス国立劇場）。またの名を、テアトル＝フランセ、略して「ル・フランセ」。1680年に創設され、1799年以降、パレ＝ロワイヤルのなかに開設された（現在のパリ第1区）。

p.24
人文科学アカデミー：1795年に創設された、フランス学士院を構成する5つのアカデミーの一つ。人文科学アカデミーは1803年に廃止され、1832年にふたたび設置されたが、社会問題について政府からしばしば諮問を受け、また、重要な教育研究機関の人員の選挙に際しても意見を表明する。

ロシアの4分公債：ロシアが5度発行した公債には4％の利息がついた。それは、1888年1月、1890年2月、1901年5月の3度の国債と、1889年2月および5月の

2度の金兌換4％整理公債である。

ロシア革命後にこの公債のたどった運命を考えると、ノルポワ侯爵の「こうした超一流の証券をもっていれば、配当はさして高くないが、少なくとも元本が減る心配はないでしょう」という言葉は皮肉な響きを帯びてくる。実際、1918年1月16日に、ロシアの革命政府はこう宣言した。「国家資産高等評議会は、ブルジョワ帝国政府が発行した国債をすべて破棄する命令の立案を実行した」。この公債の破棄によって、フランスの数十万世帯が破産した。

p.26
ジョン・ブル、アンクル・サム：この二つのキャラクターは、フランスにおけるマリアンヌと同様に、それぞれ英国とアメリカ合衆国を象徴する人格である。

ヴァテル：フランソワ・ヴァテル（1631-1671）は、ルイ14世の財務卿ニコラ・フーケの料理長を務めたのち、ブルボン＝コンデ家のルイ2世（通称、大コンデ）の料理長となった。1621年、大コンデはルイ14世をシャンティイの城館に招き、3日間の饗宴を挙行した。そのおり、大事な魚の注文品の到着が遅れたことを恥じて、ヴァテルは剣で自殺した。「お宅のヴァテル」とは、料理の名人の比喩的表現。

p.28
＊ある人に知らせてあげなければ：「ある人」とは、本書p.116以降に登場するヴィルパリジ侯爵夫人のこと。ヴィルパリジ夫人がバルベックのグランド・ホテルへやって来るのは、愛人ノルポワの情報提供によるものだということを示唆する伏線になっている。

＊トゥールヴィル：ルイ14世に仕えて英国艦隊と戦った海軍提督。ノルポワの言葉は間違いで、トゥールヴィルの墓はパリのサン＝トゥスターシュ寺院にある。

p.29
ルクルス：ルキウス・リキニウス・ルクルスは古代ローマの政治家で将軍。伝説的な美食の饗宴を開いたことで知られ、「ルキウスの宴」とは豪勢で洗練された食事を意味する。プルタルコスの『英雄伝』の伝えるところによれば、ルクルスは、招待客のいないときに簡単な食事しか出さなかった料理人をこう叱責した。「今宵は、ルクルスの招きでルクルスが食事をするのだ」

カールスバート：温泉で有名なチェコの湯治観光地（チェコ語では「カルロヴィ・ヴァリ」）。19世紀から20世紀初頭には中央ヨーロッパの社交界の一大拠点だった。

p.31

パリ伯爵：パリ伯爵であるルイ・フィリップ・アルベール・ドルレアン（1838-1894）はフランスの王太子であり、オルレアン派からフランスの王位継承者と見なされていた。

p.33

メッテルニヒ大公夫人：パウリーネ・フォン・メッテルニヒ（1836-1921）。オーストリアの政治家メッテルニヒの息子の妻で、非常な美貌の持ち主。パリに開いた文学サロンとゴシップ好きで有名な貴婦人。慈善家としても知られる。

p.37

入市税関事務所：パリの入市税関事務所は、建築家ニコラ・ルドゥーがブルボン王朝末期に設計した巨大な建物で、複数あるが、すべて異なった形をしていた。パリを24キロにわた

ってとり囲む「徴税請負人の壁」を越える際、その市門に設けられた入市税関事務所で、通行料とは異なる、商品の価値に応じて天引きされる物品の入市税と、運搬車両にかけられる入市税とが徴収された。住民の不満は大変に強く、パリを「とり巻く壁（ミュール・ミュラン）」はパリの住民を「不満だらけ（ミュルミュラン）」にさせる、と言われた。

この壁のあった道筋は、地下鉄のシャルル・ド・ゴール＝エトワール駅とナシオン駅を結ぶ北回りの2号線と南回りの6号線をつないだ楕円形の路線に大体一致している。

入市税関事務所は54か所あったが、プルーストの生きていたころにはまだいくつか遺跡が残存しており、なかでもエトワール広場のものが知られていた。現在では、ラ・ヴィレットの円形建物、モンソー公園の円形建物、ナシオン広場の出口のトローヌ市門の円柱、ダンフェール＝ロシュロー広場のアンフェール市門の2棟だけが残っている。シャンゼリゼ公園のトイレの記念建造物的な様式は、こうした入市税関事務所のそれによく似ていた。

＊**「ラヴァボ」「ワテルクロゼット」**：ともに「トイレ」を意味する英単語のフランス語なまりの発音表記。

p.39

＊**「人取り遊び」**：二つの陣地に分かれ、たがいに敵を捕まえて捕虜にする遊び。

p.43

エウメニデス：ギリシア神話において、エリニュスという名の3人の女神は、復讐の女神だった。しかし、女性の最高神アテナから、無意味に残酷な仕打ちをせずに正義を回復させるよう説得されたため、エウメニデスと名を変え、同時に性格も変化させて、慈悲深くなった。スワン家に仕える門番も同様に変化したため、エウメニデスと表現された。

p.45

コロンバン：パリ第1区の、カンボン通りとモン＝タボール通りの交わる角にあった、当時流行の菓子店兼ティールーム。

p.46

＊**レジオン・ドヌール4等勲章**：レジオン・ドヌールはナポレオンが創始したフランス最高の勲章で、1等のグラン＝クロワ（大十字）、2等のグラン・トフィシエ（大将）、3等のコマンドゥール（指揮官）、4等のオフィシエ（将校）、5等のシュヴァリエ（騎士）の5等級がある。

ユニオン・ジェネラル銀行の倒産：ユニオン・ジェネラル銀行は1875年にカトリック王党派の銀行家のグループによって創業され、オート＝ザルプ県の県会議員ボントゥと代議士フェデールにひき継がれたが、1882年に株価の大暴落で倒産した。その結果、40億フランが泡と消え、ボントゥとフェデールは海外に逃亡した。エミール・ゾラの小説『金』のなかで、ボントゥは主人公サッカールのモデルとなり、ユニオン・ジェネラル銀行はユニヴェルセル（ユニヴァーサル）銀行とされている。

p.48

「スパルタに行きて告げよの異邦人」：ヘロドトスが『歴史』のなかで引用したケオスのシモニデスの詩句、「異邦人よ、スパルタに行きて告げよ、我らその掟に従いてここに死す」、から来ている。スパルタを侵略しようとしたペルシア軍に抗して、テルモピュライの戦いで死んだスパルタの兵士たちの栄光を記録する

ため、この詩句が作られ、コロノスの丘の石碑に銘として刻まれている。

名刺を置いていった：かつて訪問用の名刺は、訪問者によって専用のトレイの上に置かれ、執事がその名刺を家の主人のもとへ運んだ。訪問した相手が不在だった場合、訪問者はその名刺の角を折ってトレイに戻し、訪問者本人が会いに来たことを示した。

＊初聖体拝領：聖体とはキリストの身体と等価だと見なされるパンのこと。ミサでこの聖体パンを拝領する（食べる）ことは、カトリック信仰の最重要事である7つの秘跡に含まれる。初聖体拝領は、7、8歳ころに行なわれる私的なものと、10歳から12歳ころに行なわれる公的なもの（信仰告白）とがある。

＊ドレフュス事件：1894年、フランス陸軍参謀本部に務めるユダヤ人のドレフュス大尉がスパイ容疑で逮捕された事件。ドレフュスは南米ギアナへの流刑に処せられたが、小説家ゾラたちの救援活動で再審が行なわれ、1906年に無罪となった。この間、反ユダヤ主義・国家主義・カトリックの陣営と、民主主義・平和主義・共和主義の陣営が激しく対立し、フランスを二分する危機に発展した。

p.54
＊サン＝ドニの「お墓」：パリ北郊のサン＝ドニ大聖堂にあるフランス王家の墓所。7世紀メロヴィング朝のダゴベルト1世からブルボン朝のルイ18世に至るフランス歴代の王たちの墓がある。

スワン夫人をめぐって その2

p.57
装飾音（クルベット）：イタリア語で「小グループ」を意味する音楽用語（英語では「ターン（回転）」、日本語では「回音」ともいう）。長めの主要音の回りに3つか4つの短い装飾音からなる旋律的グループを配したもの。

p.58
ブローニュの森の動物園：正式名称は「順化園」。1860年10月にナポレオン3世とウジェニー皇妃によって創設された。その敷地は1854年、帝国動物順化協会に与えられたもの。ブローニュの森の周縁に位置する15ヘクタールのこの公園は、「異国から来た様々な種類の動植物を、本来の自然環境に可能なかぎり人工的に近づけた環境で育て、順化させること」を目的としていた。順化園が創設された当時、技師アルファン（ヴァンセンヌの森、ビュット＝ショーモン公園、モンスリ公園、モンソー公園、バティニョル公園のほか、パリの数多くの小公園や緑地帯の改造を指揮した）によって、ブローニュの森も改造されたところだった。
　ナポレオン3世の没後、第3共和政下では、ドコーヴィル社の小鉄道が敷設され、植民地が膨張するなかで、1877年から20年間にわたって民族博覧会が開催された。この民族博覧会を順化協会は正式に認めなかったが、大きな人気を呼び、アフリカのヌビア人、アルゼンチンのガウチョ、ラップランド人などから、未

開の食人種と称する民族までが展覧に供された（p.60でスワンが語るブラタン夫人と黒人のエピソードも、こうした時代背景において起こった出来事である）。その後、順化園は異国趣味と教育的趣旨を離れて、レジャーとアトラクションの方向に再編されていく。このフランスで最も古いレジャーランドは現在でも非常な人気を博している。

アルムノンヴィル：アルムノンヴィル小邸は、かつてはブローニュの森の狩小屋だったが、この時代はロンシャン通りに面した池のほとりの高級レストランとして有名だった。現在は主に大きなレセプションが行なわれる施設になっている。

p.59
サヴォナローラ：ジロラモ・サヴォナローラ（1452-1498）は、1494年から1498年にかけて、フィレンツェにおける神権的独裁を断行したドミニコ会の修道士。
　反人文主義的説教を行ない、1497年のマルディ・グラ（謝肉祭最終日の告解火曜日）に自分の作った規律に従って「虚栄のかがり火」を立てたことで有名。虚栄のかがり火では、無数の書物、楽器、

鏡、衣服、香水、化粧品、芸術品、猥褻な図像、絵画などが焼却され、そのなかにはギリシア・ローマ神話から着想されたボッティチェリの作品が複数含まれていた。市民の不満から暴動が起こり、サヴォナローラは逮捕され、激しい拷問を受けて、絞首刑ののちにさらに火刑に処せられた。

フラ・バルトロメオ：(1472-1517)。イタリアのフィレンツェ派の画家で、ドミニコ会修道士となる。「フラ」は「修道士」のこと。

ベノッツォ・ゴッツォリ：(1420-1497)。フィレンツェ派の重要な画家で、代表作に「東方の三博士の行列」がある（フィレンツェのメディチ＝リッカルディ宮の博士礼拝堂にある連作壁画の一つ）。

p.60
「パトロナイジング」：「恩着せがましい」「尊大な」を意味する英語。

p.62
マチルド皇女：(1820-1904)。ジェローム・ボナパルトの娘、すなわちナポレオン１世の姪で、ナポレオン公の姉。両親が亡命したローマとフィレンツェで育ち、最初は従兄のルイ＝ナポレオン・ボナパルト（のちのナポレオン３世）と婚約したが、この婚約は実現されず、ロシアの大富豪、アナトーリー・デミドフ伯爵（初代「サン・ドナート公」の称号を得る）と結婚する。デミドフは暴力を振るい、情婦との関係も続いたため、子供のないまま、４年後に離婚した。

かつて婚約したルイ＝ナポレオンと仲がよく、彼がフランス共和国大統領になり、次いで皇帝の座に就いたころは、皇后の代理といった立場にあったが、ナポレオン３世がウジェニーと結婚すると、怒って別れ、パリとサン＝グラシアン（パリの北方の町）で自由な生活を送った。ロシアとイタリア統一に好意的で、弟のナポレオン公とともに、第２帝政の左派を代表したが、弟よりは穏健な立場を保持した。

堅い信念をもったナポレオン崇拝者で、自宅にあらゆる政治色をもつ作家たちを迎え、庇護した。第２帝政の宮廷における文化的中心人物であり、実際にパリの重要な文学サロンを第２帝政から第３共和政下でも開きつづけ、ゴンクール兄弟、ツルゲーネフ、プルー

スト、フロベール、テーヌらを迎えた。ただし、ナポレオン皇帝の記憶に忠誠を誓うべく、テーヌが「両世界評論」誌に発表したナポレオン批判の２章を許さなかった（この出来事は p.62に示唆されている）。また、自分の恵まれた運命を意識して語ったという次の言葉が、プルーストによって伝えられている。「ナポレオンがいなければ、私はコルシカ島のアジャクシオの路上でオレンジを売っていたでしょう」

フェルディナン・バックは以下のようなエピソードを語っているが、これはマチルド皇女の強い性格をよく表わすと同時に、彼女の政治的な無力さも示している。フランス国内に残ったボナパルト家唯一の子孫となった彼女は、当時大統領だったフェリックス・フォールからアンヴァリッドの礼拝堂で開かれるロシア皇帝夫妻の歓迎式典に招待された。

「マチルド皇女は、帝政が終焉して四半世紀も過ぎたというのに、招待状にこんな言葉を書き添えて返送した。『この招待状は要りません。鍵を持っておりますから』（皇帝ナポレオン１世の墓はアンヴァリッドの礼拝堂のなかにあった）。結局、海軍提督のデュペレが特別の招待状を再度送ると、彼女は1896年10月７日の朝、礼拝堂にやって来たが、そこで彼女を待っていたのは祈禱台だけだった」

PPC："Pour prendre congé（おいとま申します）"を略した頭字語。名刺にこの略語を記すことは、旅行や引っ越しで遠方に行ったか、ひどく立腹したかはともかく、二度とお目にかからないということを意味する。

p.63
＊**ミュッセ**：アルフレッド・ド・ミュッセ（1810-1857）。フランス・ロマン派の詩人・小説家・劇作家。代表作に、小説『世俗児の告白』、戯曲『ロレンザッチョ』など。女性作家ジョルジュ・サンドとの恋愛でも有名。

＊**アンヴァリッド**：ルイ14世がパリに作った傷病兵を収容するための巨大な施設。「廃兵院」とも訳される。地下墓所にナポレオンの棺が置かれている。

p.64
ロシア皇帝が送ってくれた毛皮：プルーストがこの場面で言及している毛皮のコートは、ロシア皇帝ニコライ２世がマチルド皇女に送ったわけではなく、1896年にグレフュール伯爵夫人に送ったもののこと。豪華な正装用のコートで、1868年にロシアの保護領となったブハラ・ハン国（サマルカンドを含む）の産品なので、通称「ハン国」と呼ばれた。

グレフュール伯爵夫人はそれを自分の服飾デザイナーであるジャン=フィリップ・ウォルト（チャールズ・フレデリック・ワースの息子）の手で夜会用のケープに仕立て直させた。円花飾りのモチーフを形づくる金と銀の刺繍糸、金メッキと銀

メッキを施した金属糸を機械編みにしたレース、赤紫、赤、黄、緑、青、白の絹糸を織り台上で織った縁飾りの紐、金メッキしたラメ糸で織ったタフタ、薄茶色の絹のサテンの裏地などを用いて、浮き彫りの刺繍が施されている。

　このケープは1904年に手直しされ、1916年には、パリのサラ・ベルナール劇場でロシアの傷病兵のために催された夜の特別興行で、グレフュール伯爵夫人がこの「金の布でできた立派なロシアのコート」を着て登場し、センセーションを巻きおこしたと「フィガロ」紙は報じた。

　プルーストはグレフュール伯爵夫人を崇拝し、ゲルマント公爵夫人のモデルにもしている。彼女の装いのどんな些細な細部にも敏感だったので、ブローニュの森の動物園の場面で、ロシア皇帝からマチルド皇女にプレゼントされたコートの描写を行なう際、このグレフュール夫人の超豪華な衣装を念頭に置いていたことは間違いないと思われる。

＊ルイ親王：マチルド皇女の弟であるナポレオン公の息子。ロシア軍に志願して将校となった。

名刺の隅を折る：名刺は、感謝の意を表すために花束もしくは贈り物に添えて先方に送るが、名刺の隅を折って渡すと、名刺の本人がわざわざ出向いて来たのを示すことになる。

最下段のコマ：ボワ大通りを描いている。ブローニュの森の入口の広場から、遠くに見える凱旋門まで続く大通り。

　この大通りは1854年に開かれたとき、ナポレオン3世の皇妃ウジェニーに因んで「アンペラトリス（皇妃）大通り」と命名されたが、ナポレオン3世の没落後、「ボワ・ド・ブローニュ（ブローニュの森）大通り」、または「ボワ大通り」と変わり、現在は「フォッシュ大通り」となっている。パリで最も幅の広い大

通りで、1300メートルの直線道路である。パリの大通りのなかで唯一、ほかの大通りとの交差点がただ1か所しかなく、そこから北へはマラコフ大通りが、南へはレーモン・ポワンカレ大通りが延びている。ボワ大通りは、車道と庭園のあいだに乗馬用の小道があり、アスファルト舗装されていないので、馬に乗ってエトワール広場からドーフィーヌ門を通ってブローニュの森に入ることができた。ドーフィーヌ門にあった立派な鉄柵は、いまはもう存在しない。

p.66

カーネーション：すべての切り花のなかで、カーネーションは一番長持ちのする花である。伝統的には、フランスではガーデニア（クチナシ）を、イギリスではカーネーションを好んで身に着けたが、この植物学的特性のおかげで、カーネーションが徐々に一般的に用いられるようになった（もちろん、オデットのような英国びいきの人には、英国の習慣であることが重要だったという側面も忘れてはならない）。

p.70

最上段のコマ：ポン・デ・ザール（芸術橋）を描いている。セーヌ川を渡った対岸に見えるのはフランス学士院。

　ポン・デ・ザールは1801年から1804年にかけて建設された、パリで最初の金属製（鋼鉄）の橋である。フランス学士院のあるセーヌ左岸とルーヴル宮殿の方形広場のある右岸とをつないでいる。橋の名前は、近くにある「エコール・デ・ボ=ザール（パリ高等美術学校）」に由来するわけではなく、ルーヴル宮殿が創設時に「パレ・デ・ザール（芸術宮殿）」と呼ばれていたことによる。

203

女像柱：女像柱とは、古代ギリシアの建築において、頭の上に台輪を乗せ、自らが柱となって建築物を支える女性の像のこと（女像柱はカリアティード、男像柱はアトランテスと呼ばれる）。女像がまとう衣服の縦の襞（ひだ）は、イオニア式円柱のフルーティング（溝彫り）に似ている。

エノーヌ：ラシーヌの悲劇『フェードル』において、フェードルの乳母で、打ち明け話の相手となる女性。

ヘゲソ：「プロクセノスの娘ヘゲソ」と記された古代ギリシアの墓碑には、若い女性が二人浮き彫りで刻まれている。彫刻家カリマコスの彫った石碑とされ、きわめて良い保存状態で19世紀に発掘された。全体が、アクロポリスの神殿と同じペンテリコン山の白色大理石でできており、ベルゴットがこれを「ケラメイコスの墓碑」と呼んだのは、ケラメイコスの墓地から出土したからである。ケラメイコスはアテネの西にある陶工たちが集まった古代の地区で、当時の墓地はケラメイコスの外側に作られていた。「セラミック（陶芸）」の語はこのケラメイコスに由来する。
　この墓碑に彫られた像は、椅子に座った一人の女性と立ったままの女の召使で、召使が開いた宝石箱を差しだし、座った女性はその宝石箱を左手で支えながら、右手で宝飾品（彩色された首飾りだったと思われるが失われた）を軽く持ちあげ、その宝飾品を見つめている。ベルゴットが言及しているのは、この女性の右手の動きである。

古代エレクテイオンのコレー：コレーは古代ギリシア芸術独特の少女像を意味する。
　エレクテイオンは、アテネのアクロポリスの丘の、パルテノン神殿の北にあるイオニア様式の神殿。アクロポリスに建立された最後の巨大建造物で、独特の洗練された建築で知られる。有名な6体の女像柱の立つ柱廊があるのは、この神殿の南面である。エレクテイオンは特定の一つの神に捧げられた神殿ではなく、複数の聖域をもち、なかにはアテナ、ゼウス、ポセイドンに捧げられたものがある。

＊6世紀の可愛いフェードル：未詳。プルーストの創作の可能性がある。

p.73
＊ノルポワが夢中になっている情婦：バルベックで語り手（私）が会うことになるヴィルパリジ侯爵夫人のこと。

＊予言的警告：のちに語り手（私）がアルベルチーヌとの恋愛で嫉妬に苦しめられ、彼女を「囚われの女」にすることを示唆している。

p.79
「主のラシェル」：この言葉は、ジャック＝フロマンタル・アレヴィ作曲、ウジェーヌ・スクリーブ台本の5幕の有名なオペラ『ユダヤの女』のなかの最も美しいアリアの最初の1行を基にしている。話の筋は、1414年のコンスタンツ公会議を題材とし、ユダヤ人迫害への告発の意図を主人公エレアザールの物語にこめている。ユダヤ人の金細工師エレアザールは、自分の息子たちがブロニ伯爵によって異端として断罪され、火刑に処せられるのを見る。その後、エレアザールは焼き打ちにあった家で、死にかかった女の赤ん坊を見つけ、引きとってラシェルと名づける。だが、その家はじつは留守にしていたブロニ伯爵のもので、妻と娘が焼け死んだと思いこんだブロニは苦悩で錯乱し、聖職者となり、のちに枢機卿になる。
　数年後、ブロニのせいで冒瀆（ぼうとく）の罪によりラシェルとともに死刑を宣告されたエレアザールは、ブロニへの復讐を決意する。エレアザールはブロニに、かつてローマでブロニの家が焼けたとき、ブロニの娘があるユダヤ人によって救出され、自分だけがそのユダヤ人の名前を知っていると明かす。だが、ブロニの懇願にもかかわらず、エレアザールはユダヤ人の名前を教えることを拒否する。一人になったとき、エレアザールはこう自問する、「私にラシェルを犠牲にする権利はあるだろうか？」。そして、エレアザールはアリアを歌いはじめる。「ラシェルよ、主の守護の恵みによって、お前の揺りかごが私の震える手に託されたとき、私はお前の幸福のために、自分の人生のすべてを捧げた。だが今、私はお前を処刑人の手にひき渡そうとしている！…」
〈ブロニ：死の間際だ、お前に嘆願する声に答えてくれ。あのユダヤ人が炎から救いだした娘は…。
エレアザール：それがどうした？
ブロニ：答えてくれ、私の娘はまだ生きているのか？
エレアザール：生きている！
ブロニ：おお！　ではどこに？（ラシェルは火刑台の火に放りこまれる）どこにいるのだ？（エレアザールは火のなかのラシェルを指さす）
エレアザール：あそこだ！〉

p.86
レスピナス嬢、デュ・デファン夫人：デュ・デファン侯爵夫人（1696-1780）は、書簡文学者でサロンの主宰者。

彼女のサロンは、フォントネル、モンテスキュー、マルモンテル、マリヴォー、コンドルセ、ダランベールなどの文学家や哲学者が常連だった。デュ・デファン夫人はこのサロンに姪のジュリー・ド・レスピナスを招きいれ、ほどなくジュリーは輝く才能を見せはじめる。しかし、デュ・デファン夫人は夕方の6時前にはけっして起きてこなかったため、姪のジュリーがそれより1時間も前からサロンの常連の大部分を自分の家に集め、彼らとの会話の楽しみを先取りしていることに気づかなかった。裏切られたと感じたデュ・デファン夫人は激しい嫉妬に苛まれ、結局、デュ・デファン夫人がジュリーを自分のサロンから追放したのは1763年のことだった。この嫉妬はジュリーが43歳で若死にしたあとも鎮まらなかった。

　ジュリー・ド・レスピナス（1732-1776）は、デュ・デファン夫人のサロンから追放されたのち、翌1764年、パリのベルシャッス通りに自分自身のサロンを開き、かつて叔母の家で交際した人々のほか、新たにコンディヤック、コンドルセ、テュルゴーを集めた。彼女のサロンは『百科全書』の実験室」と呼ばれ、彼女はその後見役になった。この若く聡明な女性の魅力に屈した人物は多数にのぼるが、彼女が最も深い友愛で結ばれたのはダランベールだった。

p.89

＊美しい（belles）菊〜美しい（beaux）：「菊」は元来男性名詞なので、形容詞は男性形（beaux）で受けるのが正しいが、「花」が女性名詞であるため、女性形（belles）になることもあった。コタール夫人はその事情が分かっていない。

p.93

＊若い男と一緒に歩くジルベルト：第6篇『消え去ったアルベルチーヌ』のラストで、この「若い男」は、ジルベルトのレスビアンの相手であり、男装した若い女優レア（本書p.177に登場）であることが明かされる。

p.97

「氷の聖人」の時期：民間信仰によれば、5月11日、12日、13日の3日間。この間、とくに寒さが戻って霜が降りる危険が大きいからだ。昔、この3日は、順に聖マメルトゥス、聖パンクラス、聖セルヴァティウスの祝日にあたったが、現在では、順に聖女エステル、聖アキレオ、聖女ロランドの祝日になっている。

「聖週間」：キリスト教徒にとって、復活祭（イースター）に先立つ1週間を意味する。復活祭は、春分後の最初の満月のあとの日曜日で、だいたい3月下旬から4月下旬のあいだを動く移動祝祭日。

＊タンソンヴィルの小さな坂道：語り手（私）はここで初めてジルベルトの姿を見たため、その記憶はつねにジルベルトと結びつく。

p.100

最上段、右のコマ：フォッシュ大通りに面したパレ・ローズ（バラ色宮）を描いている。

　パレ・ローズは、パリ第16区のボワ大通り（現在はフォッシュ大通り）の40番地（現在は50番地）に位置した大邸宅で、現存していない。ボニファス・ド・カステラーヌ伯爵とアメリカ人大富豪の妻アンナ（旧姓

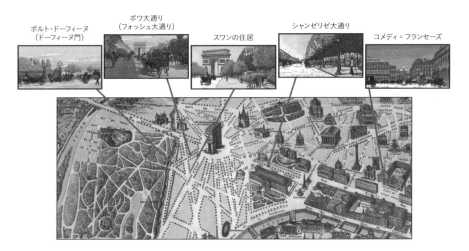

ポルト・ドーフィーヌ
（ドーフィーヌ門）

ボワ大通り
（フォッシュ大通り）

スワンの住居

シャンゼリゼ大通り

コメディ＝フランセーズ

グールド）のために1896年から1902年にかけて建設された。

この豪邸は、20世紀初頭のパリに建設されたすべての個人邸宅のなかで最も完成された典型の一つであったと見なされている。20世紀初頭を特徴づける豪華なパーティの舞台としてパリの名士が勢揃いしただけでなく、全世界から有名人が集まった。歴史遺産として保存することがフランス政府に提議されたが、当時流行だったモダニズムの勢いに押されて、歴史建造物高等委員会は「考古学的価値の不在」を結論づけ、パ

レ・ローズは国家の保護を受けることができなかった。1969年に解体された。

前ページ下はパリ北西部の地図：

 土地の名―土地 その1

p.103
「西部鉄道」の馬車：西部鉄道会社は、1855年6月16日、ノルマンディ地方とブルターニュ地方に鉄道路線を所有する6つの鉄道会社が合併して創立された。その6社とは、パリ～サン゠ジェルマン鉄道、パリ～ルーアン鉄道、ルーアン～ル・アーヴル鉄道、ディエップ・フェカン鉄道、西部鉄道（パリ～ヴェルサイユ～レンヌの路線）、パリ～カーン・シェルブール鉄道である。この西部鉄道会社は1909年に国の鉄道行政庁に買いとられた。

ラスキン：ジョン・ラスキン（1819-1900）はイギリスの作家・画家・美術批評家で、大きな影響力をふるった。ラファエル前派運動の有力メンバーで、『ヴェネツィアの石』などの著作があり、何度も旅の喜びを語っている。プルーストは母の協力を得てラスキンの2冊の書物、『アミアンの聖書』と『胡麻と百合』を翻訳し、ラスキンについて何編もの批評を書いた。プルーストはまた画家ホイッスラーについて深い理解を有し、1897年にホイッスラーと出会ったのち、ホイッスラーとラスキンを和解させようと試みたが、成功しなかった。ラスキンはある批評でホイッスラーの絵を「意図的な詐術」だと酷評してホイッスラーに訴えられ、この裁判は画家の勝利に終わっていた。

p.104
セヴィニェ夫人：マリー・ド・ラビュタン゠シャンタル、セヴィニェ侯爵夫人、もっと一般的には「セヴィニェ夫人」（1626-1696）として知られる。書簡文学者として著名で、夫人が娘のグリニャン伯爵夫人と交わ

した厖大な書簡は、一方で宮廷の出来事を語り、もう一方で母と子を結ぶ愛情の深さを証したてている。語り手（私）がこの書簡集に愛着を抱くのは当然のことである。

2段目、左のコマ：1931年以前のウーロップ（ヨーロッパ）広場の高架橋を描いている。

ウーロップ広場はパリ第8区のサン゠ラザール駅の鉄路の上に位置している。1826年、まず八角形の広場が作られた。1832年に、この広場の下に鉄道の線路を通すためにトンネルが掘られ、1837年には広場の下方に西のプラットホームが作られ、このホームは数年後に新たにサン゠ラザール駅に建てかえられた。1863年には広場が撤去され、技師ジュリアンが設計した高架橋に作りかえられた。

この高架橋からはヨーロッパ大陸の大都市の名をもつ6つの通りが発している。ヴィエンヌ（ウィーン）通り、マドリッド通り、コンスタンティノープル通り、サン゠ペテルスブール通り、リエージュ通り、ロンドル（ロンドン）通りである。その周辺には、鉄柵で囲まれた庭園をもつオスマン様式の建物が多く作られた。Xの形を描く補強横架材で囲まれた高架橋は、クロード・マネやギュスターヴ・カイユボットなどの画家によって何度も描かれている。しかし、この高架橋

206

1931年にもっとモダンな高架橋にとって替わられた。

p.107
奇跡のキリスト像、バルベックの教会のステンドグラス：伝説によれば、1600年ころ、ディーヴの漁師たちが漁網に十字架の外れたキリスト像が掛かったのを発見した。神を信じない漁師の一人がその像を斧の刃で擦ってみると、血を流しはじめた。3年後、十字架が海から発見され、それは3年前に見つかったキリスト像にぴたりと一致した。しかし、この十字架はカブールの教区に属する海から発見されたため、ディーヴの漁師とカブールの漁師のあいだで奪いあいが起こったという。この聖なる救世主キリストの伝説がバルベックの教会のステンドグラスに語られているという設定だが、これはアナトール・フランスの短編小説「海のキリスト」を想起させる。フランスはプルーストが好んだ作家で、作家ベルゴットはフランスをモデルにしている。

最下段、真ん中のコマ：高級ホテル「ウィリアム征服王」を描いている。

　このホテルは、かつては駅馬車の馬を替える宿駅で、ディーヴ＝シュル＝メール（カーンからルーアンまで砂浜沿いに行く街道上の町）にある。干潮時に海を渡って通行できるようになるのを待つのに必要な休憩所でもあった。建物は15世紀の末にできた部分を含んでいる。ルイ14世、アレクサンドル・デュマ、ナポレオン公、スペイン女王（イサベル2世）、ポワンカレ大統領など多くの名士がここに宿泊した。

p.108
2段目、左のコマ：アミアンのノートルダム大聖堂の聖母像をモデルにして描いている。

　プルーストは、1904年にジョン・ラスキンの『アミアンの聖書』（1884）を翻訳し、長い序文を付して刊行した。その本のなかでラスキンは、アミアンの大聖堂

の南ポーチの交差廊の中央の柱に立つ「金色の聖母」を描写し、これを「乳母のマドンナ」と呼んでいる。母性愛がこの聖母を人間味あふれるものにしているが、ラスキンは「そのあまりの愛らしさゆえに頽落したマドンナ」とも形容し、その微笑みを「小間使の陽気な微笑み」と比較している。

2段目、右のコマ：コルベール＝ラプラス伯爵の選挙ポスターを描いている。

　『花咲く乙女たちのかげに』の原文には、本書に収録されなかった部分を含む次のような一節があり、「選挙ポスター」に言及している。

「私はかつてこの聖母の複製を何度もすぐ目の前で見たのだが、私の心のなかにはそんな複製などはるかに及ばない聖母像がうち立てられていたので、これまで心のなかで千回も彫りあげてきたこの聖母像が、いま単なる石の外見に戻され、選挙ポスターや私の杖の先と競いあうように私の手の届くところに場所を占めているのを見て、面食らっていた…」

　コルベール＝ラプラス伯爵、ジャン・ピエール＝ルイ・ジャン＝バティスト（1843–1917）は、天文学者ラプラスの曽孫で、保守系の政治家。1876年の選挙でカルヴァドス県の代議士となり、その後の選挙でも再選された。1895年に個人的事情で議員の職から退いた。

　著書に、『自家用蒸留酒製造者の問題』（1886）、『自家用蒸留酒製造者への非難の批判的検討』（1895）がある。

p.112
バカラ：カジノでよく行なわれるトランプを用いるギャンブル。イタリア発祥のゲームで、バンカー（胴元）とプレイヤー（胴元と勝負する人）のトランプの勝負に対して、客たちが賭けを行なうが、客はトランプに触れることはない。

p.113
最上段、大きなコマ：野外音楽施設を描いている。

　バルベックの主なモデルの一つであるカブールでは、海辺の堤防のすぐ下の、砂浜より少し高い場所に野外音楽施設が建てられ、そこで公開コンサートが催され

の町に、「蔦（った）のチャペル」と呼ばれる実在のサン＝マルタン教会を移植した。サン＝マルタン教会は、トルーヴィルとオンフルールのあいだのクリクブッフという村に存在している。

ていた。

『花咲く乙女たちのかげに』の原文には、本書に収録されなかった部分を含む次のような一節があり、海辺のコンサートについて語っている。

「『あなたが降りてくるかどうか、私たち見てたのよ』とアルベルチーヌは夕方私に言った、『でも、コンサートの時間になっても、あなたの部屋の鎧戸は閉まったままだったわ』。実際、10時になるとコンサートの音が私の部屋の窓の下で突然鳴り響いた。その楽器の音の合間に、海が満潮ならば、波の水の滑る音がたえず流れるように聞こえてきて、ヴァイオリンの華やかな音色を透明な渦巻きのなかに包みこみ、海底から聞こえてくる音楽の間歇的（かんけつ）な響きの上で、水泡をほとばしらせるように思われた」

p.114

＊**聖女ブランディーヌ**：2世紀リヨンの女奴隷で、猛獣による公開拷問を受けたが、果敢に殉教し、聖女とされた。

p.115

＊**オステンデ**：ベルギーの海水浴場。

p.123

＊**サン＝マルス＝ル＝ヴェチュやケトルム**：プルーストが創作したノルマンディの地名。

p.124

サント＝ブーヴ：シャルル＝オーギュスタン・サント＝ブーヴ（1804-1869）は、文芸評論家、エッセイスト、詩人、コレージュ・ド・フランス教授、アカデミー・フランセーズ会員。文学者の伝記的事実に基づいて文学作品を研究する方法によって名高い。プルーストは評論集『サント＝ブーヴに反論する』を書き、サント＝ブーヴの方法に初めて異議を唱えた。

p.125

2段目、左のコマ：カルクヴィルの教会を描いている。
　プルーストは、このカルクヴィルという架空の海辺

『花咲く乙女たちのかげに』の原文には、本書に収録されなかった部分を含む次のような一節があり、この「蔦に覆われた教会」について語っている。

「ヴィルパリジ夫人が私たちをカルクヴィルに連れていってくれた日のことだ。この町には夫人の話してくれた蔦に覆われた教会があり、この教会は丘の上に建てられて、村を見下ろしており、その村を横切って流れる川には中世の小さな橋が今でも架かっていた。祖母は、私が一人だけで教会を眺められるほうが嬉しいだろうと考えて、夫人にケーキ屋でお茶を飲もうと提案した（…）。私は緑の塊の前に一人残されたが、それが教会であると認めるためには、教会という概念をもっとはっきりと把握する努力が必要だった。実際、学校の生徒が外国語の訳読や作文のために、ある文章をいつも慣れている形から切り離さねばならなくなったとき、前より完全にこの文章の意味を理解できることがあるように、私はたえずこの教会という概念に助けを求め、この蔦の茂みのふくらみはゴシック建築のステンドグラスのアーチであり、あの木の葉の出っぱりは柱頭の浮き彫りのせいだなどと自分で自分に念を押さなければならなかった。しかし、そんなとき、少し風が吹いて、ポーチをざわざわと揺らし、そこを光のように震えながら広がる渦が通りすぎていった。木の葉はたがいにぶつかりあって砕けちる。そして植物でできた正面玄関は身震いしながら、並ぶ柱を自分のほうに引きこもうとし、柱は波打ち、風の愛撫を受けながらも、するりと身をかわす」

p.130

ソーミュールの騎兵学校：フランス西部メーヌ＝エ＝ロワール県のソーミュールにある陸軍の騎兵養成学校。この騎兵学校の名声は世界に知られ、その乗馬技術の卓越は、「カードル・ノワール（黒い指導団）」と呼ばれる、乗馬訓練を専門とするエリート騎兵部隊によって証明されている。

p.131

＊**プルードン**：ピエール・ジョゼフ・プルードン

（1809-1865）は、フランスの無政府主義者。著書『財産とは何か』の、「それは窃盗だ」という過激な答えで知られる。プルードンが幼い娘二人と並んだ情景を描くクールべの絵画が有名。

＊『パルムの僧院』：スタンダールの小説（1839）。ナポレオン時代を背景に、快男児ファブリス・デル・ドンゴがイタリアで活躍する歴史小説。バルザックが絶賛した。

＊ラシェル：本書 p.79 に登場していた娼婦である。

p.132
＊「やあ、アブラハム、ぼく、シャコブに会ったよ」：ユダヤ人であるブロックが、ユダヤ人のなまったフランス語を嘲笑してみせるという皮肉な一節。普通の表記ならば、「やあ、アブラハム、ぼく、ジャコブに会ったよ」となる。

＊アブキール通り：パリ２区のユダヤ人が多く住む地域。

全国優等生コンクール：リセ（高等中学）の第１学級と最終学級（日本の高校２、３年に当たる）の優秀学生を集めて競わせ、各種科目で最優秀者を表彰する全国コンクール。同時に各種工芸の優秀実習生に対しての全国コンクールも実施される。

民衆大学：民衆大学運動は、労働者や一般民衆の教育を目的に掲げて推進され、多くの公開講座が開かれた。1895年のドレフュス事件への反省から、デマによる煽動や反ユダヤ主義に対抗して、人文的教養を重視する知識人が推進した。19世紀末には222の民衆大学が創設されたが、第１次世界大戦の開始とともにその数は激減した。

p.134
スノビズム、スノッブ：スノッブとは、自分がエリートだと思う人々を特徴づける態度、趣味、身ぶりなどを真似て、彼らの地位になんとか近づきたがる人間のこと。スノビズムはその行動様式を表わす言葉で、スノッブが羨望するエリートはたいていの場合、貴族である。スノッブの語は古代ローマの故事に由来する。古代ローマでは、皇帝が功績のあった者に対して、その者の子弟が貴族の通う学校へ入学することを許可した場合、その子弟の名前には「s.nob」という注記が添えられた。これは「sine nobilitate」（ラテン語で「貴族にあらず」）の略語だった。

黒い悪霊ケール：ギリシア神話で、死者の魂を地獄へ運ぶ悪霊。タナトスが名誉ある死の神であるのに対して、ケールは死者の魂を無意味な死と忘却の暗闇へと運んでいく。

魔王ハデス：ギリシア神話における２代目の支配神クロノス（ローマ神話では「サトゥルヌス」となる）の息子であり、「地獄の支配者」。ローマ神話では「プルートー」という呼称になる。

軍神アレス：ギリシア神話における戦争の神（ローマ神話では「マルス」となる）。駐屯連隊に勤めるロベール・ド・サン＝ルーに対して大げさに媚びるためにブロックはこの軍隊の神を引きあいに出した。

アンピトリテ：ギリシア神話における海神ポセイドン（ローマ神話では「ネプチューン」）の妻。海水の女神で、海を擬人化した女性像でもある。

p.135
「三美神」：ギリシア神話では、アグライアー、エウプロシュネー、タレイアの３人の女神は三美神と呼ばれ、順番に、優美、歓喜、豊饒を表わす神格である。

p.141
＊ル・ノートル：アンドレ・ル・ノートル（1613-1700）はフランスの造園家。ヴェルサイユ宮殿の庭園を設計し、フランス式庭園の様式を確立した。

＊プッサン：ニコラ・プッサン（1594-1665）は17世紀フランス最高の画家とされる。バロックから古典主義に至る美術史の変化を体現した。代表作に『アルカディアの牧人たち』。

p.145
＊あの変てこで不似合いな名前の給仕長：「エメ」とは「愛されている」という意味。

p.146
ドンシエール：『失われた時を求めて』のドンシエールは、ロレーヌ地方に実在する同名の町のことではない。バルベックの近隣にある架空の駐屯地で、ここにロベール・ド・サン＝ルーが士官として勤める連隊が宿営している。

土地の名―土地 その2

p.150

2段目、左のコマ：蝶が描かれている。

『花咲く乙女たちのかげに』の原文には、本書に収録されなかった次のような一節があり、語り手（私）の泊るホテルの窓外の風景を描いている。

「そして時々、一様に灰色の空と海の上に、絶妙に洗練されたバラ色がつけ加わり、一方、部屋の窓の下で眠りこんでいた一羽の小さな蝶がその翅で、いかにもホイッスラー好みのこの『灰色とバラ色のハーモニー』の下のほうに、チェルシーの巨匠のサインを添えているように思われた」

プルーストはここで、画家ジェームズ・アボット・マクニール・ホイッスラーの有名な絵画の特徴的なタイトルを連想させる言いまわしを用

いている。ホイッスラーは「チェルシーの巨匠」との異名をもち、そのサインは様式化された蝶の図形で知られる。

ホイッスラーの絵画のタイトルには、「白のシンフォニー第1番、白の娘」「白のシンフォニー第2番、白の娘」「青と銀のノクターン、チェルシー」「青と金のノクターン、バターシーの古い橋」「肌色と緑の夕暮れ、バルパライソ」「黒と金のノクターン、落下する花火」「灰色と緑のハーモニー、シシリー・アレクサンダー嬢」「緑とバラ色のハーモニー、音楽室」「青と金のハーモニー、孔雀の間」「肌色と赤のハーモニー」「灰色と黒のアレンジメント第1番、芸術家の母の肖像」「バラ色と灰色のハーモニー、レディ・ミューズの肖像」などがある。

p.152

最上段、右のコマ：リヴベルを描いている。

語り手（私）とサン＝ルーはしばしばリヴベルに夕食に行くが、これは1866年にウィストルアムの砂丘に作られた別荘の名前から発想された架空の地名。この別荘は所有者によって「ベル・リヴ（美しい岸辺）」と名づけられた。ある画家が、この砂丘の浜辺に沈む

夕陽からイタリアを思いだし、この別荘を「リヴァ・ベッラ」とイタリア語で呼んだことから、この浜辺が「リヴァ・ベッラ」と呼ばれるようになり、ついにはこのリゾート地そのものが「ウィストルアム・リヴァ＝ベラ」という名前になった。

2段目の大きなコマが描くレストランは、オンフルールの高台にあって、当時、印象派の画家たちがよく滞在した宿屋「サン＝シメオン農園」をモデルにしている。

p.160

2段目、右のコマ：エルスチールの家を描いている。

この「堂々たる醜さを備えた家」を絵にするにあたって、ある文学者の有名な家がその十分に奇妙な外観から発想源になった。エミール・ゾラのパリ郊外にあ

るメダンの屋敷である。このコマの絵はメダンの屋敷を部分的にモデルにしている。左の棟はゾラが「ウサギ小屋」と呼んだものをもとに、右の棟は「ナナの塔」と呼んだものをもとに描いている。

3段目の大きなコマ：エルスチールのアトリエを描いている。

『花咲く乙女たちのかげに』の原文には、本書に収録

されなかった部分を含む次のような一節があり、この
アトリエについて語っている。

「エルスチールのアトリエは、いわば新たな天地創造
の実験室のように見えた。そこで彼は、我々が見るあ
らゆるものを、あらゆる向きに置かれた様々な長方形
のキャンバスの上に描いて、その混沌のなかから、こ
ちらでは砂浜の上で薄紫の水泡を怒りをこめて踏みし
だく海の波を作りあげ、あちらでは船の甲板で肘をつ
く白いデニムの服を着た若者を作りあげていた。若者
の上着も、泡だつ波も、それを作っているように見え
る実質を奪われたにもかかわらず、もはや何も濡らさ
ない波であり、誰にも着られない上着でありつづける
ことによって、新たな尊厳を獲得していた。

私がアトリエに入ったとき、創造主は手に持った絵
筆で、沈む太陽の形を描きあげようとしていた」

複数の画家がエルスチール
の人間像の基になっている。
まず、ポール＝セザール・エ
ルー（Helleu）とジェーム
ズ・アボット・マクニール・
ホイッスラー（Whistler）。エ
ルーの el とホイッスラーの
istler が混じりあって、エル
スチール（Elstir）の名前が
浮かびあがるように見える。
また、アメリカのトーナリズ
ム（色調主義）の画家、トマ
ス・アレクサンダー・ハリソ
ン。プルーストと友人のレー
ナルド・アーンはブルターニ
ュ地方のベグ・メイユでハリ
ソンに会ったことがある。

エルーのサイン

ホイッスラーのサイン

ハリソンのサイン

エルスチールのサイン

エルスチールの風景への愛は、その
本質的根底にハリソンの風景への愛を
宿している。イギリスの美術史家デイ
ヴィッド・クリーヴランドはこう書い
た。「プルーストが海景画と風景画を
詩的な隠喩に変換した方法は、ハリソ
ンの気質、ハリソンの芸術の精神その
ものから影響を受けている」。

アトリエでエルスチールが描きあげ
ようとしているキャンバスは、アレク
サンダー・ハリソンの絵画「海景」
（1892–1893）を基にしている。

p.165
ファウストの前にメフィストフェレスが現われるよう

に：メフィストフェレスは、魔王サタン（もしくはル
シフェル）の配下の地獄の7人の大物悪魔の一人。そ
の7人とは、ベリアル、ベルゼブブ、アスモデウス、
レヴィアタン、マンモン、ベルフェゴール、メフィス
トフェレス。メフィストフェレスは、地上のファウス
ト博士を誘惑するためにサタンに選ばれた。

ファウストは、多くの伝説から発想のヒントを得た
ゲーテの2部構成の戯曲『ファウスト』の主人公。グ
ノーのオペラ『ファウスト』はゲーテの作品を基にし
ており、その3幕では有名な「宝石の歌」（「ああ！
鏡のなかのこんなに美しい私を見て私は笑う」）が歌
われるが、このアリアのとくに有名な歌唱はマリア・
カラスと…『タンタンの冒険』のカスタフィオーレ夫
人であろう。ファウストの物語の舞台は16世紀のドイ
ツ。死を間近に控え、人生に幻滅して、自殺まで考え
たファウスト博士は、そこにやって来たメフィスト
フェレスからある契約の提案を受ける。魂を売ること と
ひき換えに、青春をとり戻すことができる、と。若く
魅力的なマルガレーテに夢中になったファウストはそ
の契約を受けいれて…という物語である。

p.176
最下段、大きなコマ：バルベックのカジノのイタリア
式劇場を描いている。

バルベックの主要なモデルの一つである海水浴場カ
ブールには、1909年に建てられたカジノ「ル・キュル
サール」があり、そこには、コンサート、舞踏会、オ
ペレッタ、演劇などが催される豪華なイタリア式劇場
が付設されていた。イタリア式劇場の平土間は馬蹄形
で、階段状のスタンド席はなく、ボックス席とギャラ
リー席に囲まれ、円天井からシャンデリアが下がって
いる。

p.178
最下段、大きなコマ：カルクヴィルの教会を描いてい
る（本書p.125に付された原注も参照）。

カブールから東へ27キロの海辺にあるクリクブッフ
の教会が、『花咲く乙女たちのかげに』に登場するカ

ルクヴィルの教会のモデルとなった。クリクブッフの教会はノルマンディ地方のセーヌ湾を見下ろす高台に12〜13世紀に建造された。

p.179

「キンメリア人の土地」：キンメリア人は古代の民族で、クリミア半島とアゾフ海沿岸に住んでいた。しかし、ここで語り手（私）が娘たちとの夏の散策前に夢想した嵐のバルベックに言及しているので、念頭に置いているのは、歴史上のキンメリアではなく、『オデュッセイア』で語られる、永遠の闇に囚われ、恐るべき悪天候のなかで暮らす人々のことだろう。オデュッセウスが地獄に下るところで、ホメロスはこう語っている。「そこにキンメリア人の村と町があった。この民族は厚い雲と濃い霧に閉ざされて暮らし、太陽が天の星々へと上るときも、大空から大地へと帰るときも、その土地には光がまったく差さなかった。この不運な人々には、死の闇がいつも圧しかかっていた」

ヴェロネーゼやカルパッチョ：パオロ・カリアーリ（1528-1588）はヴェローナで生まれたため、通称「ヴェロネーゼ（ヴェローナ人）」と呼ばれる。ティツィアーノやティントレットとともに後期ルネサンスのヴェネツィア派絵画の三巨匠に数えられる。フレスコ画と油彩画における偉大な色彩画家であり、だまし絵の技法でも有名である。

　ヴィットーレ・カルパッチョ（1465-1526）は、ヴェネツィア派の画家。物語性の巧みな表現で知られ、その物語への志向は、聖女ウルスラの生涯を描く連作絵画に見事に表されている。作品に建築や街の風物を描きこむ手法の先駆者でもあった。

p.180

「聖女ウルスラ物語」：伝説によれば、ウルスラは3、4世紀ころのブルターニュのコルヌアイユ地方の王女で、求婚者から逃れるために3年間に及ぶ巡礼の旅を行なった。しかし、ケルンを包囲するフン族に捕えられ、フン族の首長と結婚してキリ

スト教を放棄することを拒んだため、お供の処女たちと一緒に弓で射殺された。

　4世紀に建てられた石碑に「XI.M.V」という略語が彫られたが、これは「11人の殉教者（Martyres）の処女（Vierges）」の意味であった。ところが、誤って「11の千（Mille）の処女」と解釈されたため、ここから後世の「一万一千人の処女」の殉教という伝説が生まれた。

フォルトゥニー：マリアーノ・フォルトゥニー・イ・マドラソ（1871-1949）は、スペイン人の画家、版画家、服飾と布地のデザイナー。画家の一家の出身で、ヴェネツィアに織物製造の企業を創設した。ギリシア、エジプト、アメリカ大陸発見以前の先住民の芸術、ルネサンスから着想を得たモチーフを自分でデザインし、金銀のプリントと刺繍を活用して、布地と服を作った。あらゆる方面に秀でた芸術家で、写真家、建築家、彫刻家、舞台美術家でもあった。プルーストは『消え去ったアルベルチーヌ』のなかでこう書いている。

「アルベルチーヌはフォルトゥニーのコートを肩に羽織っていた（…）。ヴェネツィアの生んだ天才（フォルトゥニー）はこのコー

トをカルパッチョの絵から取ってきたのであり、カルツァ同信会員の肩から外して、多くのパリの女の肩に掛けてやったのだ」

3段目の2つのコマ：画家エルーの所有していたヨット「エトワール号」をモデルにして描いている。

　1895年、プルーストはロベール・ド・モンテスキューからポール＝セザール・エルーを紹介され、この画家と深い関わりをもつようになった。『失われた時を求めて』の画家エルスチールのいくつかの特徴、とくに海への情熱はエルーから発想されている。実際、エルーは4隻のヨットを所有し、なかでも「エトワール号」には1898年から1913年にかけて乗船して航海を行

ない、数多くの海景画を描き、また、乗船した女性の衣裳を絵の題材とした。彼の絵画は「エルー調」として知られ、エルーはまた死の床のプルーストを描いて版画にした。

p.181

カロ、ドゥーセ、シェリュイ、パキャン：カロ・スール（「カロ姉妹」の意）は、1895年に、マリー、ジョゼフィーヌ、マルト、レジーナのカロ4姉妹が開いた高級服飾店。1953年に閉店。

ジャック・ドゥーセは偉大な服飾デザイナー。とくに顧客として舞踊家ラ・ベル・オテロ、高級娼婦リアーヌ・ド・プジー、女優サラ・ベルナールの衣裳を仕立て、後進のデザイナー、ポール・ポワレを育てた。ドゥーセの店は1937年に閉店した。

ルイーズ・シェリュイは、カロ、ウォルト、ドゥーセ、ランヴァンとともにパリのオート・クチュールの5大デザイナーに数えられた。シェリュイの店は1902年から1933年まで存続した。

ジャンヌ・パキャンは、国際的な名声を獲得した最初の偉大な女性デザイナーの一人。パキャンの店は1891年に創業され、1956年まで続いた。

p.185

最上段、大きなコマ：「イタチまわし」の様子を描いている。

この遊びでは、1本の紐に指輪（「イタチ」）を通し、両端を結んだ紐をみんなで輪にして持ち、その指輪を手で隠しながら紐に沿って滑らせ、ゲームの参加者の輪を1周させる。この輪の真ん中には、やはり「イタチ」と呼ばれる一人の参加者が立ち、みんなが「il court, il court, le furet...（行くよ、行くよ、イタチが行くよ…）」と歌っているあいだに、誰の手に指輪が隠されているかを当てて、その指輪を取らねばならない。それに成功すると、当てられた人物にイタチは交替する。

歌が「il est passé par ici, il repassera par là...（イタチがこっちに来た、あっちに行くよ…）」の部分に達すると、イタチ（指輪）を滑らせて回す方向を変えなければならない。

イタチ遊びは、語り手（私）がアルベルチーヌの手に触れる機会を与えてくれるはずだった。だが、最初は彼女の隣に別の若い男がいる。そこで語り手は、紐の輪に沿ってイタチを滑らせるときアルベルチーヌの手に触れることができるよう、その男のいる彼女の隣の場所を奪うために、まずはわざと自分が指輪を持っていることを誰かに当てさせて、イタチになる。

語り手は輪の真ん中に立ったまま長いこと何もしないでいるので、みんなは驚くが、指輪がアルベルチー

ヌの隣の男に渡った瞬間、語り手は行動を起こす。「慌てて私は飛びかかり、乱暴に男に手を開けさせ、指輪を取った。仕方なく男は私に代わって人の輪の中央に行き、私がアルベルチーヌの横に立った」。そして語り手は、アルベルチーヌが指輪を持っているふりをしながら自分のほうにかすかな目配せを送るのは、イタチをだますためだと考える。語り手にとっては、これは秘密の意思疎通、アルベルチーヌが指と指を絡みあわせて自分に愛を告白するための方法なのだ。しかし、今後もプルーストは男女関係についてたえずこの点を明確にするのだが、この思いこみは誤解なのである。語り手はこれがゲームだという現実を忘れているが、アルベルチーヌが語り手に目配せしたのは、単に早く指輪を取ってちょうだいという合図にすぎない。指輪の受け渡しに失敗した語り手はみんなの笑いものになり、アルベルチーヌは語り手に怒りを向ける。すると、この機に乗じてアンドレがアルベルチーヌにとって代わり、語り手に接近することになる。

ラウラ・ディアンティ、エレオノール・ド・ギュイエンヌ：ラウラ・ディアンティ（別名「エストキア」）は、16世紀イタリアの女性。フェラーラ公アルフォンソ・デステ1世の妻。2番目の妻であるルクレツィア・ボルジアが亡くなったあと3番目の妻となった。伝説によれば、ティツィアーノの絵画「鏡の前の女」で、肩にかかる長い髪の房をもつ女のモデルとなった。

エレオノール・ド・ギュイエンヌは、12世紀フランスの王妃で、のちに英国王妃にもなった。語り手（私）

君の編んだ髪は、ラウラ・ディアンティか、エレオノール・ド・ギュイエンヌか。その末裔でシャトーブリアンに熱愛された女性みたいだ

は、シャトーブリアンの恋人で、スタール夫人の友人だったデルフィーヌ・ド・キュスティーヌが、エレオノール・ド・ギュイエンヌ（もっと一般によく知られた名はアリエノール・ダキテーヌ）の末裔だと考えているようだが、これは誤り。ただし、プルーストが愛読していたシャトーブリアンの『墓の彼方の回想』には、「その巣を作る蜜蜂のなかにキュスティーヌ侯爵夫人がいた。彼女は聖王ルイの妃、マルグリット・ド・プロヴァンスの長い髪を受け継いだ女性で、聖王

ルイの血筋を引いてもいた」とあるので、この一節から生まれた誤解かもしれない。

p.187
＊マリアの月：5月は聖母マリアを称える月で、「マリアの月」と呼ばれる。

p.188
二人乗りの「樽型馬車」：この種の小型馬車はかつて車体が丸かったために「樽」と呼ばれたが、その後、四角い車体になった。樽型馬車は4輪で、前に二人分の座席、後ろに二人分の座席があって、後ろから乗車する。したがって、語り手（私）と少女たちが乗った二人乗りの樽型馬車というのは、もっと小さい2輪の「小樽」であろう。これは4人で乗ることも不可能ではないが、座席が

狭いので、子供たちを散策に連れていく場合などに使われる。「小樽」を引くのは、小馬かポニーである。

p.194
海の女神ネレイスたち：『花咲く乙女たちのかげに』の原文には、本書に収録されなかった部分を含む次のような一節がある。

「私に娘たちの姿は見えなかったが、（展望台のような私の部屋まで［…］海水浴客や子供たちの呼び声が、海鳥の鳴き声のように、静かに崩れる波の音を区切って聞こえてくる一方で）、［…］彼女たちの笑い声が、海の女神ネレイスたちの笑いのようにやさしい波音に包まれて、私の耳元まで上ってくる」

ギリシア神話において、「海」の擬人神ポントスは大地の女神ガイアと交わって海神ネレウスを生む。ネレウスは、大地を囲む大洋の神オケアノスの娘ドリスと交わって、50人の娘ネレイスを生む。ネレイスはみな非常に美しい若い乙女たちで、海の底に暮らしていた。エチオピアの王妃カシオペアが、自分の娘アンドロメダはネレイスたちより美しいと言ったため、ネレイスたちは海の最高神ポセイドンに頼んでカシオペアとアンドロメダに復讐をしてもらった。

印象派画家とノルマンディ海岸

ノルマンディにおける印象派の先駆というべきジョン・コットマン、ジェームズ・ホイッスラー、ウィリアム・ターナーといったアングロ・サクソン系の画家たちののち、オンフルール生まれで、ル・アーヴルに暮らしたウジェーヌ・ブーダンは、ノルマンディのセーヌ湾を歩きまわる習慣をもち、海辺の風景を絵画にして、「空の王」と異名をとった。のちにブーダンは少年時代のモネを戸外に連れだし、モネに外光のもとでの絵画制作を教示した。またブーダンはオランダ人画家ヨハン・ヨンキントも戸外での絵画制作に誘った。ブーダン、モネ、ヨンキントらは宿屋「トゥータン農園」にしばしば滞在した（この宿屋が別名「サン゠シ

メオン農園」とも呼ばれるのは付近にあった教会の名に由来するが、当時すでにこの教会はなくなっていた）。

有名な画家や今日ではいささか忘れられてしまった画家たち、すなわち、デュブール、コロー、モロー、クールベ、カルス、ベクリュス、ルヌフ、レピーヌ、ゴンザレス、バジーユ、イザベー、ドービニー、スーラ、エルー、ブランシュ、そして、その他多くの画家たちが、エルスチールと同じやり方で光を捉えるためにノルマンディ海岸にやって来た。エルスチールのやり方とは、「物ごとをまず原因から説明するのではなく、私たちが知覚する順序どおりに提示していく」（本書 p.105）ことである。

バルベック

バルベックは、プルーストが旅行したり滞在したりしたいくつもの保養地をモデルにした架空の海水浴場・観光地である。主として、パリから220キロの場

所にあるフルリ海岸の二つの町、カブールとトルーヴィルから着想された。

グランド・ホテル（フランス語の発音は「グラン・トテル」）

バルベックのグランド・ホテルは、新イタリア様式で建築されたカブールのグランド・ホテルをモデルにしている。プルーストは、建築家のヴィローとモークレールがこのホテルを近代的かつ快適な施設に改築した1907年から、第1次世界大戦が勃発する1914年まで毎夏、ここに滞在した。グランド・ホテルは、海の側は直接堤防に面し、陸の側はカジノの中庭に面している。

謝　辞

アカデミー・フランセーズと、その終身事務局長エレーヌ・カレール゠ダンコース夫人
マルセル・プルーストとコンブレー友の会、その会長ジェローム・バスティアネリ氏
ナタリー・モーリヤック・ディエール夫人
ニコル・ドクサン夫人

訳者解説

『花咲く乙女たちのかげに』について

『失われた時を求めて』の第2篇『花咲く乙女たちのかげに』は、第1部「スワン夫人をめぐって」と第2部「土地の名―土地」から構成されています。

第1部「スワン夫人をめぐって」は、表題が示すとおり、主人公の語り手 (私) が、スワン夫人オデットの娘ジルベルトに恋し、スワン夫人の家に出入りして社交界の見聞を深めていく様子を精細に描いています。

その意味で、この「スワン夫人をめぐって」は、第1篇『スワン家のほうへ』の続きと見なすことができます。というのも、『スワン家のほうへ』の第3部「土地の名―名」は、シャンゼリゼ公園でのジルベルトへの恋の始まりを語り、ラスト近くで、ブローニュの森を散歩するスワン夫人の姿を余韻たっぷりに描いていたからです。

実際、作者のプルースト自身も『スワン家のほうへ』を初めて出版したとき、当初は『花咲く乙女たちのかげに』の第1部「スワン夫人をめぐって」を、『スワン家のほうへ』の第3部「土地の名―名」へ組みこむ計画をもっていたのです。しかし、これでは『スワン家のほうへ』があまりにも分厚くなってしまうため、この計画は放棄されました。それほど「スワン夫人をめぐって」は『スワン家のほうへ』との物語上のつながりが深い部分なのです。

「スワン夫人をめぐって」の中心的な主題になるのは、先にも述べたとおり、主人公のジルベルトへの恋の顛末（てんまつ）と、スワン夫人オデットとの交友が明らかにするパリの特殊な社交界の内実

です。

この社交界のテーマは、すでに『スワン家のほうへ』の第2部「スワンの恋」で細やかに、また皮肉たっぷりに扱われていましたが、「スワン夫人をめぐって」は「スワンの恋」の十数年後の出来事を記していて、コタール医師はじめ登場人物の激変ぶりが目立ちます。とくに、繊細な芸術愛好家だったスワンが、俗悪なブルジョワとの付きあいを好む社交人になっていることには大いに驚かされます。

ところで、この「スワン夫人をめぐって」が展開する時期はといえば、元日が2度出てくることから、ある年の秋から翌々年の5月までのことだと考えられます。本訳書では、最初の元日への言及は省略されていますが、原書では、本書 p.34でノルポワ侯爵が主人公の家への訪問を終えたあと、p.36でジルベルトとの再会が語られるより前の部分において、語り手が母と一緒に元日の親戚まわりをすることが書かれています。また、2度目の元日については、本書 p.90に、ジルベルトと会えないためにつらいものだったという記述があります。

時代的には、p.12以降に描かれるテオドシウス王の訪仏を、モデルとなったロシア皇帝ニコライ2世の訪仏に重ねあわせるならば、1895年から1897年にかけての出来事が語られていると推定することが可能です。

ジルベルトとの恋に関しては、このころ語り手は16歳くらいと推測でき、少年ならではの瑞々（みずみず）しい心のゆらぎが活写される一方で、シャンゼリゼ公園で思わず「快楽のしずくを漏らす」

217

場面（本書 p.38）が描かれるなど、性に関してかなり突っこんだ叙述も見られます。

また、「スワンの恋」と同じく、主人公の恋が主観的な幻影にすぎないことをかなり執拗に記してもいて、若者の恋愛を扱う通常の小説よりも苦いアイロニーに浸されています。ラ・ファイエット夫人～アベ・プレヴォー～コンスタン～スタンダール～ラディゲと連なるフランスの恋愛心理小説の輝かしい伝統のなかにあって、プルーストは『囚われの女』において、恋愛の不可能性を主題として、その伝統にとどめの一撃を加える最後の一人になるわけですが、「スワン夫人をめぐって」にもその予兆を感じることができます。

『花咲く乙女たちのかげに』の第2部「土地の名―土地」では、舞台も雰囲気もがらりと一変します。舞台はパリの閉鎖的な社交界から、旅先の海水浴地であるバルベックへと移ります。「土地の名―土地」の最初のテーマは〈旅〉です。

第1篇『スワン家のほうへ』、とくにその第1部「コンブレー」は、『失われた時を求めて』の中心主題である記憶の神秘的な作用を全面的に描きだすものでした。この記憶が時間の旅であるとするなら、「土地の名―土地」において、主人公は空間の〈旅〉に乗りだします。「コンブレー」が閉ざされた寝室や邸、限定された地域を舞台にしているのに対し、「土地の名―土地」は、列車の旅という空間のスピーディな拡大で始まり、到着したバルベックは海という無限の広がりへの接点となるのです。

映画監督のルキノ・ヴィスコンティは『失われた時を求めて』全巻を映画化するという壮大な計画を抱き、長大なシナリオも完成させていました（チェッキ・ダミーコとの共作で死後出版。日本では筑摩書房から刊行）。このシナリオのまさに冒頭の場面が、バルベックに向かって黒煙を吐きながら進む汽車の描写で始まっているのです。

『スワン家のほうへ』と「スワン夫人をめぐって」を読み終えて、『花咲く乙女たちのかげに』の第2部に入ると、閉鎖的なサロンの空間から、開放された海辺へと舞台転換が行なわれて、なんとも清々（すがすが）しい気分になります。『失われた時～』は、誰もが知るとおり、主人公の長い就寝のドラマで始まるのですが、ヴィスコンティはあえてその常識をうち破り、『花咲く乙女たち～』の空間の開放の感動を映画の冒頭で印象づけようとしているかのようです。ヴィスコンティもまた、プルーストと同じく、『山猫』のような開放された空間と、『家族の肖像』のような閉鎖された空間の両極に心惹かれる芸術家でした。

バルベックのグランド・ホテルに到着したのち、ホテルの食堂で主人公の祖母が窓を開けてしまい、室内に空気が流れこんでブルジョワ客たちを慌てさせる場面があります。そんな大気の生々しい流れを感じさせるところに、『花咲く乙女たち～』の特色があり、それは『失われた時～』のなかでもほかの諸篇に見られない独自の個性です。端的に言って、読んでいて心躍る気分を一番強く感じるように思えます。

主人公がグランド・ホテルに到着した翌朝、海を見て感じる大いなる解放感や、浜辺で「花咲く乙女たち」と出会った瞬間の古典古代的な明澄さは、『失われた時～』全体を通しても、詩的な高まりの頂点のうちに数えられるでしょう。

そのグランド・ホテルとバルベックの浜辺には、様々な貴族やブルジョワたちが集まってきます。俗物も多く、プルーストの風刺の辛辣さを楽しむことができますし、貴族とブルジョワの微妙な階級関係や名声の力学の分析はきわめて鋭いものです。

そうした社交の世界に、貴公子サン=ルー、ユダヤ人ブロック、ヴィルパリジ侯爵夫人といった『失われた時～』の重要人物が次々に現われ、独自の存在感を発しはじめます。

なかでも、かつて主人公が「コンブレー」でちらりと目撃した謎の男、シャルリュス男爵が出現するところは興味津々です。シャルリュス

218

は奇妙な言動で主人公を翻弄し、『ソドムとゴモラ』の同性愛者の世界の奥深さを暗示するからです。

シャルリュス男爵のモデルとなったのは、ロベール・ド・モンテスキューという高名なダンディです。本書p.135、2段目真ん中のコマには、画家ボルディーニの描いたモンテスキュー伯爵の肖像画が再現されています。

そして、列車から見た温かい飲み物を売る踏切番の娘に始まり、自転車に乗る娘、ミルクの缶を運ぶ娘、魚釣りの娘などの点描を経て、ついに「花咲く乙女たち」が登場します。

こうして『花咲く乙女たちのかげに』は個性豊かで謎めいた人間群像を縦横に描きはじめ、バルザックが19世紀になしとげた偉業に匹敵する、20世紀の〈人間喜劇〉の様相を呈していきます。この〈人間喜劇〉が『失われた時を求めて』の大きな読みどころなのです。

しかし、プルーストの関心は、貴族やブルジョワの世界と、主人公の詩的な興味の対象となる「花咲く乙女たち」の世界に限られるわけではありません。

貴族とブルジョワの側にいながら、自分たちが一般の庶民から「水族館の珍種の魚」として眺められていることを忘れず、さらには、この水族館のガラスが破られ、魚が食べられてしまう可能性（つまり革命による階級社会の転覆）までを視野に入れています（本書p.120〜p.121）。

重要なのは、この鋭い社会的認識が「水族館の魚」という比喩で語られていることです。こうした隠喩（メタファー）の用法に、プルーストの小説の独創性があります。

メタファーの問題については、エルスチールの絵画を論じる箇所できわめて精細な分析がなされており、この分析はまさに、プルーストの小説の本質を鮮やかに解明するメタファー（喩え）になっているのです（本書p.161）。

 **II** **『失われた時を求めて』を旅して**

『失われた時を求めて』の最初の舞台はコンブレーという町に設定されていますが、この地名は架空のものです。しかし、コンブレーはイリエという実在の町をモデルとしており、少年時代のプルーストは、夏休みや復活祭の休日に、しばしばイリエ（ユール゠エ゠ロワール県所在）に住む父方の伯母ジュール・アミヨ夫人（父の姉であるエリザベート・プルースト）の家に行きました。

イリエは、パリから南西に80キロほど行ったところにある土地で、近くに、壮麗な青のステンドグラスで世界的に有名な大聖堂の町、シャルトルがあります。

イリエもシャルトルも大きく広がるボース平野の真っ只中にあり、その麦畑の広がりの印象は、本書の姉妹篇『失われた時を求めて——スワン家のほうへ〈フランスコミック版〉』のp.62の2段目のコマで見ることができます。主人公の見つめる地平線に小さく突きだした尖塔がシャルトル大聖堂だと考えられます。

しかし、その本文には「スワン嬢（ジルベルト）がしばしばランに行く」と書いてあります。ランはパリの北東に位置する町ですから、地理的には矛盾しているのですが、この矛盾は、プルーストが最初はコンブレーをパリ南西のシャル

トル付近に位置づけながら、のちにラン（ピカルディ地方）とランス（シャンパーニュ地方）のあいだにあると想定を変えたことに由来します。

この点から見ても、コンブレーは『失われた時を求めて』のなかだけに存在する想像上の町であることが明らかです。

しかし、プルーストのファンはまるで聖地巡礼でもするかのように、コンブレーのモデルとなった町イリエへ行き、レオニー叔母さんのモデルであるジュール・アミヨ夫人の旧邸を訪問します。そのため、イリエはプルースト生誕100年を祝う1971年に、町名を正式に「イリエ＝コンブレー」と変えてしまいました。

プルーストがこの町を訪れた時代（19世紀末）には、イリエは人口3000人足らずの小さな町で、当時の町の広場のたたずまいは、『スワン家のほうへ〈フランスコミック版〉』のp.22右下のコマに再現されています。

プルーストがイリエを最後に訪れたのは14歳のときのことで、彼の両親は、亡くなったアミヨ夫人の遺産相続のためにこの土地に戻ったのでした。

イリエに代わってプルーストが夏のヴァカンスを過ごすようになるのが、ノルマンディの海水浴地です。

フランスの歴史家アラン・コルバンの『浜辺の誕生——海と人間の系譜学』（福井和美訳、藤原書店刊）によれば、フランスで近代的な海水浴の施設ができたのは、1822年のことで、場所は英仏海峡に面したノルマンディのディエップでした。プルーストもしばしばディエップの浜辺を訪れています。

もともと海水浴は憂鬱病（メランコリー）やヒステリーの治療法として発展したもので、太古の昔から存在した習慣ではありませんでした。

それが始まったのは、18世紀の半ばで、新しい医学的な考えが広まった結果です。本書p.145で、シャルリュス男爵が主人公に、「この小言の雨が海の水より君の健康に効くといいがね」と語っているのは、海水浴本来の医学的意義を前提にしているのです。

現代的なレジャーとしての海水浴が確立するのは1840年代以降のことで、もともと貴族だけが独占していた海水浴をブルジョワたちも楽しむようになります。

『花咲く乙女たちのかげに』の海水浴地は、コンブレーと同じく、バルベックという架空の地名が付けられていますが、主なモデルとなった土地はカブールで、同じノルマンディでもディエップからは120キロも離れたカルヴァドス県にあります。本書の重要な舞台である「グランド・ホテル」も、カブールの「グランド・ホテル」をモデルにしています（本書p.215補注参照）。

しかし、コンブレーの場合と同様、バルベックには、プルーストの訪れた様々な土地の記憶が混在していて、カブールから遠くない海水浴地のトルーヴィルもプルーストが祖母や母親とよく訪れた土地であり、一部分モデルにされています。

バルベックは、現代の海水浴が憂鬱病の療法から発したという起源からも、『失われた時〜』の主人公の虚弱体質を心配する祖母が誘った癒しの場所だということができます。

その一方で、バルベックはとくに主人公の夢想のなかで、北方的、ケルト的な荒々しい海洋の自然を代表する土地でもあり、この複雑な二面性は、カブールなど特定の海水浴地にモデルを限定することはできません。やはり、『失われた時を求めて』の生みだした想像上の場所というほかありません。

鉄道と自転車

　フランスで蒸気機関車による乗客の輸送が始まったのは、1830年代のことです。1840年代には、パリを中心に鉄道網は地方に向かって広がりはじめます。

　『花咲く乙女たちのかげに』にとって、最も関係が深い鉄道路線は、1843年に開通した、パリとノルマンディの中心都市ルーアンをつなぐ路線です。先ほどアラン・コルバンの『浜辺の誕生』に拠りながら、現代的なレジャーとしての海水浴が確立するのは1840年代以降のことだと申しあげましたが、まさにこの時期は、パリと海水浴のメッカであるノルマンディが鉄道によってつながりはじめる時期でもありました。そして、20世紀の初めまでには、主なノルマンディの海水浴場に汽車で行けるようになるのです。

　本書『花咲く乙女たちのかげに』の第2部「土地の名―土地」も列車の旅で開幕します。p.103には駅構内の様子が見られますが、これはノルマンディ方面に向かう列車の始発駅であるパリのサン゠ラザール駅です。

　フランス文学で鉄道が大きな役割を果たす作品としてはエミール・ゾラの『獣人』(1890)が有名ですが、この小説の主人公ジャック・ランティエは、ノルマンディの港町ル・アーヴルを出発し、ルーアンを経て、パリのサン゠ラザール駅に到着する蒸気機関車の運転士でした。

　また、印象派の画家クロード・モネは、1877年にサン゠ラザール駅を題材にして連作を描いています。この駅はウジェーヌ・フラシャが設計したもので、ガラスと鉄骨で作られたきわめてモダンな建築でした。モネの絵でも、駅の巨大なガラス屋根から差しこむ光が見事に捉えられています。ゾラは、駅と機関車というメカニックな存在のなかに近代絵画の詩があると力説し、モネと印象派を称えました。本書 p.103の右下のコマも、明らかにモネの「サン゠ラザール駅」の構図を基にしています。

　列車の旅は、世界の空間と時間を一気に短縮しました。また、スピードというものの魅惑を日常生活に導入しました。さらには、列車に乗れば、居ながらにして連続的に変化するパノラマを楽しむことができるという点で、風景の眺めかたにも革命的な変化を引きおこしたのです。

　プルーストが心酔したイギリスの美術批評家ジョン・ラスキンは旅の愛好者として知られますが、列車による旅をひどく嫌悪しました。それほど、列車のもたらしたスピードとパノラマは、保守的な感性の持ち主にとっては刺激の強すぎるものだったのでしょう。

　モネが「サン゠ラザール駅」の連作を描く少し前から、列車より小規模ながら、フランス人の日常生活に新たなスピードの道具が入ってきつつありました。

　1868年、パリで初めての公式自転車競技が催され、集まった大群衆を興奮の渦に叩きこんだのです。その翌年には、パリからルーアンに向かう長距離自転車レースも行なわれ、優勝者は10時間25分という驚異的な時間で遠距離を走破しました。このレースには女性も参加していたのです。

　とはいえ、自転車に乗る女性は初めは白い目で見られました。かつてカザノヴァの時代には、

221

女性がチェロを股の間に挟んで弾くことさえスキャンダルだったのです。ですから、女性が自転車のサドルにじかにまたがる姿は性的なふしだらさを連想させたのです。

本書 p.148で、主人公は自転車乗りの娘を含む「花咲く乙女たち」を見て、「どう想像をめぐらしても、彼女たちが清純な乙女だとは思われなかった」と語りますが、これは自転車が好きで、自転車に乗るような娘は品行も悪いという当時の偏見を表わしています。

にもかかわらず、いや、それゆえにいっそう、「花咲く乙女たち」の自転車やスポーツで鍛えられた肉体に主人公は魅了されます。新たな女性美の時代が始まっていたのです。

自転車は女性のファッションにも影響を及ぼしました。19世紀半ばに一世を風靡した、コ

ルセットで腰を締めつけ、女性的なお尻のふくらみを強調するクリノリン・スカートのスタイルは一挙に過去の遺産となり、女性解放の立場から機能的な日常着であるブルマーが考案されます。また、ゴルフウェアであるニッカボッカーが自転車用の衣服に転用され、しだいに女性も男性のようにズボンをはくようになっていきます。

本書でも、「服装といい、動作といい、バルベックで見慣れた人々とはまったく違っていた」(p.146)と形容される「花咲く乙女たち」は、自転車に乗り、ゴルフクラブをかつぎ、ニッカボッカーをはいています。ここに、19世紀末の流行の最先端を行く女性の姿が記録されているわけです。

À LA RECHERCHE DU TEMPS PERDU, volumes 2, 3, by Marcel Proust, adapted by Stéphane Heuet and Stanislas Brezet
À LA RECHERCHE DU TEMPS PERDU, volumes 7, 8, by Marcel Proust, adapted by Stéphane Heuet
©Éditions Delcourt–2000/2020
Japanese translation rights arranged with Éditions Delcourt through Japan UNI Agency, Inc., Tokyo

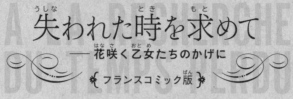

失われた時を求めて
── 花咲く乙女たちのかげに
フランスコミック版

令和4年8月10日　初版第1刷発行

著者
マルセル・プルースト

画
ステファヌ・ウエ

訳者
中条省平

発行者
辻　浩明

発行所
祥伝社
〒101-8701
東京都千代田区神田神保町3-3
03(3265)2081(販売部)
03(3265)1084(編集部)
03(3265)3622(業務部)

印刷
萩原印刷

製本
ナショナル製本

編集協力
赤羽高樹

ブックデザイン
佐藤亜沙美(サトウサンカイ)

本文DTP
キャップス

祥伝社のホームページ www.shodensha.co.jp
＊本書のご感想をお寄せください
祥伝社ブックレビュー www.shodensha.co.jp/bookreview

ISBN978-4-396-61789-9 C0097　Printed in Japan ©2022, Shohei Chujo

マルセル・プルースト 作

失われた時を求めて
—— スワン家のほうへ
フランスコミック版

第1篇

ステファヌ・ウエ 画　　中条省平 訳

「この力強い喜びはどこから来たのか?」
ひとかけらのマドレーヌと一杯のお茶から
少年時代を過ごしたコンブレーの思い出が
一挙に出現する——。

〈記憶〉の不思議な働きをテーマにした
20世紀最高にして最大の大作。
そのエッセンスを忠実にコミック版化。
フランスの大学・高校でも採用されている
ベストセラーを完全邦訳

祥伝社